黃松文 詩選集

시를 읊는 의자

황송문 詩

명문당

인생이라는 바둑을 거의 다 둔 줄 알았는데, 아직도 둘 곳이 남아 있어서 다행이다. 단제기원(檀帝紀元) 4350년(서기 2017년)은 나의 생애 중 경사가 겹친 최고의 해가 될 것 같다.

역사 깊은 명문당에서 80권째 저서가 되는 시선집 『시를 읊는 의자』를 상재하게 되고, 2001년에 창간한 종합계간문예지 『문학사계』가 61호까지 나왔다. 그리고 15년 동안 공들였던 동영상 음반(DVD) <사랑과 생명의 까치밥 노래>도 상품화되어 정서적 통일에 기여하게 되었으니 가슴 뿌듯한 감회가 새롭다.

'정서적 통일'이라고 했는데, 그것은 신석정 시인을 비롯하여 김규동, 황금찬, 문덕수 등 한국 시인들의 시에 최삼명, 최연숙, 안국민, 림성호 등의 중국 조선족 작곡가로 하여금 작곡하게 하고, 조선족 인민가무단 가수들로 하여금 노래하게 하여 한중동포 간의 문화교류로 동질성 회복에 기여한다는 점에서 뜻있는 일이라 하겠다.

김년균 시인은 나를 가리켜 미국의 토마스 핀천에 비견했고, 김규련 수필가는 조선의 선비 양사언에 비견하여 내공을 견고하게 하였다. 이 시선집은 그 표현의 결실이라 하겠다.

대한민국 국민이 책을 너무도 읽지 않아서 출판이 어려운데 책을 기꺼이 펴내주신 명문당의 김동구 사장님께 심심한 사의를 표하고, 이 생산의 기쁨을 문학가족과 함께 자축하고자 한다.

단제기원(檀帝紀元) 4350년(서기 2017년) 정월
용마산방(龍馬山房)에서
황송문(黃松文) 적음

시와 그림의 아름다운 만남의 하모니 ·················

돌	洪德基 寫
까치밥	朴芳永 畵
선풍禪風	吳承雨 畵
침향무沈香舞	朴成煥 畵
호수	吳承雨 畵
풍경	朴成煥 畵
봄이 오는 소리	姜大運 畵
능선稜線	李重熙 畵
선운사 단풍	李重熙 畵
망향가	姜大運 畵
存在 / 향수	李重熙 畵
진달래 능선 / 그리움 2	李重熙 畵
그리움 1	丁永水 畵
사중주四重奏	丁永水 畵
창변窓邊의 손	朴芳永 畵
달밤에	지승원 畵

돌

불 속에서 한 천년 달구어지다가
산적이 되어 한 천년 숨어살다가
칼날 같은 소슬바람에 염주念珠를 집어들고

물속에서 한 천년 원없이 구르다가
영겁永劫의 돌이 되어 돌돌돌 구르다가
매촐한 목소리 가다듬고 일어나

신선봉神仙峰 화담花潭선생 바둑알이 되어서
한 천년 운무雲霧 속에 잠겨 살다가
잡놈들 들끓는 속계俗界에 내려와
좋은 시 한 편만 남기고 죽으리.

까치밥

우리 죽어 살아요.
떨어지진 말고 죽은 듯이 살아요.
꽃샘바람에도 떨어지지 않는 꽃잎처럼
어지러운 세상에서 떨어지지 말아요.

우리 곱게곱게 익기로 해요.
여름날의 모진 비바람을 견디어내고
금싸라기 가을볕에 단맛이 스미는
그런 성숙의 연륜대로 익기로 해요.

우리 죽은 듯이 죽어 살아요.
메주가 썩어서 장맛이 들고
떫은 감도 서리 맞은 뒤에 맛들듯이
우리 고난 받은 뒤에 단맛을 익혀요.
정겹고 꽃답게 인생을 익혀요.

목이 시린 하늘 드높이
홍시로 익어 지내다가
새 소식 가지고 오시는 까치에게
쭈그렁바가지로 쪼아 먹히고
이듬해 새봄에 속잎이 필 때
흙속에 묻혔다가 싹이 나는 섭리
그렇게 물 흐르듯 순애殉愛하며 살아요.

선풍禪風 1

노을이 물드는 산사山寺에서
스님과 나는 법담法談을 한다.

꽃잎을 걸러 마신 승방僧房에서
법주法酒는 나를 꽃피운다.

스님의 모시옷은 구름으로 떠있고
나의 넥타이는 번뇌煩惱로 꼬여있다.

"자녀를 몇이나 두셨습니까?"
"사리舍利는 몇이나 두셨습니까?"

"더운데 넥타이를 풀으시죠."
"더워도 풀어서는 안 됩니다."

목을 감아 맨 십자가
책임을 풀어 던질 수는 없다.

내 가정과 국가와 세계
앓고 있는 꽃들을 버릴 수는 없다.

침향무 沈香舞

논어 백 가락을 읽는 동안에
가야금 소리가 울려오고 있었다.

신라 삼층 석탑에서 나와
천년 만에 싹을 틔운 꽃
연꽃송이처럼 개화한 화음和音
인도를 거쳐 온 바람결
가야금 현에 신라 음악이 되산다.

꽃가지에 가랑비 내리듯
천상의 소리 지상에 내려와
인도 가락이 신라 굽이굽이
퉁기고 당기고 밀고 다듬는
손가락 끝에서 천년 음이 되산다.

호수湖水

시원始原의 자궁 속을
목선木船이 간다.

초록의 하늘로
밀리는 물살
거슬러
구름 가르면

산장은
등불
여기
저기
석류石榴가 터지고,

물빛
시오리
호반새 소리.

풍경

노을이 입술을 빨고 있다.
갯벌 위를 가는
한 마리
소는
꿈길 가듯
취해서 간다.
그 뒤를 따르는
밀짚모자가
하나
쟁기 메고 취해서 간다.
하늘이 얼근하게 익어 있다.
노을을 사모하는
갯벌의 입술
딸기주를 머금고 있다.

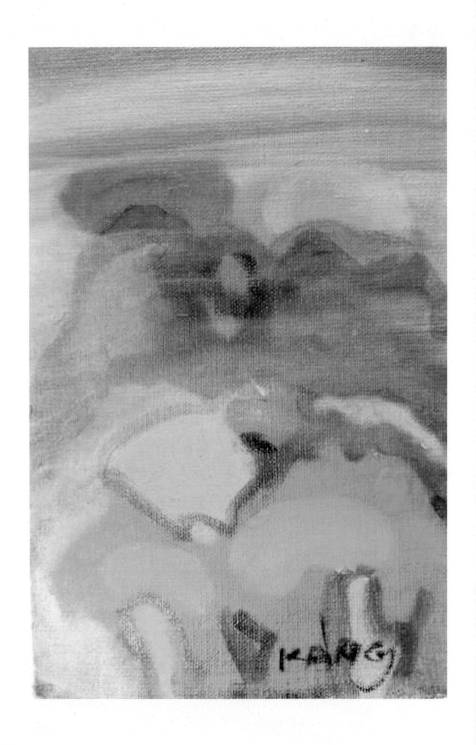

봄이 오는 소리

물을 사랑하는 봄이 물소리를 내지르네.
불을 사랑하는 봄이 불을 지르며 다니네.
물과 불을 중매서는 바람은
박하사탕 먹고 피어오르는
아지랑이 아질아질 신명 도지네.

봄 햇살이 물을 길어 올리네.
느릅나무 속잎 피는 굽이굽이마다
뿌리에서 줄기로 가지로 잎으로
박하사탕 화안하게 얼사쿠 일어나네.

봄 물결이 불을 안고 피어오르네.
능선과 능선과 계곡과 계곡과
어깨와 어깨와 허리와 허리와
능선과 계곡끼리 능선과 계곡끼리
청실홍실 어우러져 꽃을 피우네.

봉오리 봉오리 젖꼭지 같은 꽃봉오리
달거리보다도 더 진한 꽃봉오리
능선에 오른 꽃은 해와 입을 맞추고
해는 눈 녹은 골짜기에 내려
사랑의 궁전은 뿌리를 낳고
뿌리는 깽맥깽맥 물을 길어 올리네.

물과 불을 중매서는 봄바람이 살랑살랑
산마루는 골짜기에서 얼사쿠나 아롱아롱
두 발 상모 하늘 감아 돌리더니
덩덩 덩덕꿍 꼿꼿이 서네.
아지랑이 먹은 처녀 총각들
싱숭생숭 아질아질 일어서네.

능선稜線

오르기 위해서 내려가는 나그네의
은밀한 탄력의 주막거리다.
옷깃을 스치는 바람결에도
살아나는 세포마다 등불이 켜지는
건널목이다, 날개옷이다.
음지陰地에 물드는 단풍같이
부끄럼을 타면서도 산뜻하게
웃을 적마다 볼이 패이는
베일 저쪽 신비로운 보조개……
주기적으로 수시로 물이 오르는
뿌리에서 줄기 가지 이파리 끝까지
화끈거리면서 서늘하기도 한
알다가도 모를 숲 그늘이다.
불타는 단풍을 담요처럼 깔고 덮고
포도주에 얼근한 노을을 올려보는
여인의 무릎과 유방 사이의
어쩐지 아리송한 등산광이다.
개살구를 씹어 삼킬 때의
실눈이 감길 듯이 시큰거리는
봉우리에서 봉우리로 이어지는
산등성이의 곡선曲線……
쑤시는 인생의 마디마디
오르기 위해서 쉬어 가는
주막거리의 재충전이다.
창백한 형광등 불빛 아래
기침을 콜록이던 일상日常에서
어쩌다 눈뜬 저 건너 무지개
나무꾼과 선녀의 감로주 한 모금이다.

선운사 단풍

바람난 선녀仙女들의 귓속말이다.
발그레한 입시울 눈웃음이다.

열이 먹다 죽어도 모를
선악과의 사랑궁이다.

환장하게 타오르는 정념의 불꽃
합궁 속 상기된 사랑꽃이다.

요염한 불꽃 요염한 불꽃
꽃 속에서 꿀을 빠는 연인끼리
꽃물 짜 흩뿌리며 열꽃으로 내지르는
설측음이다 파열음이다 절정음이다.

빛깔과 소리가 바꿔치기 하는
첫날밤 터지는 아픔의 희열이다.

꽃핀 끝에 아기 배었다는
모나리자의 수수께끼다.

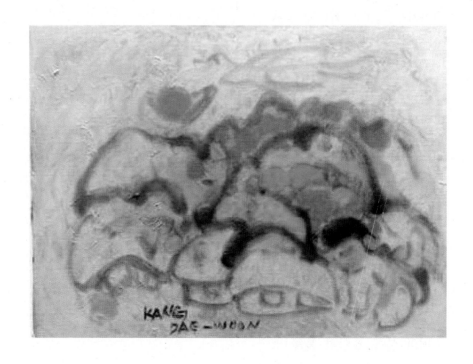

망향가望鄉歌 -2

어매여, 시골 울엄매여!
어매 솜씨에 장맛이 달아
시래깃국 잘도 끓여 주던 어매여!

어매 청춘 품앗이로 보낸 들녘
가르마 트인 논두렁길을
내 늘그막엔 밟아 볼라요!

동짓날 팥죽을 먹다가
문득, 걸리던 어매여!

새알심이 걸려 넘기지를 못하고
그리버 그리버, 울엄매 그리버서
빌딩 달 하염없이 바라보며
속울음 꺼익꺼익 울었지러!
앵두나무 우물가로 시집오던 울엄매!
새벽마다 맑은 물 길어 와서는
정화수 축수 축수 치성을 드리더니
동백기름에 윤기 자르르한 머리카락은
뜬구름 세월에 파뿌리 되었지러!

아들이 유학을 간다고
송편을 쪄 가지고 달려오던 어매여!
구만리장천九萬里長天에 월매나 시장허꼬?
비행기 속에서 먹어라, 잉!

점드락 갈라먼 월매나 시장허꼬.
아이구 내 새끼, 내 새끼야!
돌아서며 눈물을 감추시던 울엄매!
어매 뜨거운 심정心情이 살아
모성母性의 피 되어 가슴 절절 흐르네!

어매여, 시골 울엄매여!
어매 잠든 고향 땅을
내 늘그막엔 밟아 볼라요!

지나는 기러기도 부르던 어매처럼
나도 워리워리 목청껏 불러들여
인정人情이 넘치게 살아 볼라요!

자운영紫雲英 환장할 노을진 들녘을
미친 듯이 미친 듯이 밟아 볼라요!

存在

詩·黃松文

당신애 깔둘리라면
나는 그 속에 떠도는 물결

당신이 바다라면
나는 그 속에 출렁이는 물결

당신의 손빠닥섬
숨쉬는 나는

당신의 영원속의 순간을
물음은 뭣에 있는 이들

헛나절 멋었다가
사위어가는 목숨

향수

詩·黃松文
書画·李重配

고추잠자리가 돌려오네
밭에 빨간 수를 놓으며

한데 얼려 날아오네
언 고향에서 봄내오기에

저리도 빨갛게
상기되어 오는가

어디서 온 전령이기에
노스텔지어 손을 흔드들며

저리도 붉게
가슴 일일저리 맴돌며 오는가

진달래 능선

詩·黃松文
書畵·黃童熙

立春 꽃망울는
누드모델 ...
봄은 녹은 ...
神의 팔뒤에 ...
맺히고 번지는 화선지
꽃조각은 초상
... 기 바람에도
냇가연에 떠지는 極光

그리움 2

詩·黃松文
書畵·李童...

그리움은
해 돋는 동동 ...
속 ... 잠 거리는 노을이다
새벽이 가면 해돋을 ...
... 에 섞어 ...
노을에 끓이다
눈물은 ... 의 말없 ...
... 이 가는이다
푸르른 갈은 가슴이
삭어가는 恨
떠도는 동동 주다

그리움 -1

고향이 그리운 날 밤엔
호롱에 불이라도 켜보자.
말 못하는 호롱인들
그리움에 얼마나 속으로 울까.
빈 가슴에
석유를 가득 채우고
성냥불을 붙여주자.
사무치게 피어오르는 향수의 불꽃
입에 물고
안으로 괸 울음 밖으로 울리니
창호지에 새어드는 문풍지 바람
밤새우는 물레소리 그리워 그리워
졸아드는 기름 소리에
달빛도 찾아와 쉬어 가리니……

사중주四重奏

참새들이 훈민정음으로 지저귀고
제비들은 알파벳으로 지줄댄다.

물새들은 사성四聲으로 오르내리고
앵무새는 히라가나를 흉내 낸다.

훈민정음과 알파벳과
사성과 히라가나,

지저귀고 지줄대고
오르내리고 흉내 내는

참새들과 제비들과
물새들과 앵무새

그들의 악보樂譜는 전선줄
오선五線이 있었다.

창변窓邊의 손

- 남북이산가족 상봉 마지막 날에

하나의 손바닥을 향하여
또 하나의 손바닥이 기어오른다.
차창 안의 손바닥을 향하여
차창 밖의 손바닥이 기어오른다.

줄리엣의 손을 향하여
로미오의 손이 담벼락을 기어오르듯
기어오르는 손바닥 사이에 차창이 막혀 있다.

유리창은 투명하지만,
매정스럽게 차가웠다.

차창 안의 손은 냉가슴 앓는 아들의 손
차창 밖의 손은 평생을 하루같이 산 어미의 손
신혼新婚에 헤어졌던 남편과 아내의 손
손과 손이 붙들어보려고 자맥질을 한다.

손은,
오랜 풍상風霜을 견디어내느라 주름진 손은
혹한酷寒을 견디어낸 소나무 껍질 같은
수없는 연륜年輪의 손금이 어지럽다.

암사지도暗射地圖보다도 잔인한
상처투성이 손이 꿈결처럼 기어오른다.

얼굴을 만지려고, 세월을 만지려고
눈물을 만지려고, 회한悔恨을 만지려고
목숨 질긴 칡넝쿨처럼 기어오르면서
왜 이제야 왔느냐고,
왜 늙어버린 뒤에 왔느냐고,
유복자遺腹子 어깨를 타고 앉아 오열을 한다.

차 례

●머리말 … 3

제 1 부
보리를 밟으면서 35

까치밥 … 36

선풍禪風 -1 … 38

자운영紫雲英 -1 … 39

섣달 … 41

꽃잎 … 42

돌 -1 … 43

하지감자 … 44

능선稜線 … 45

샘도랑집 바우 … 47

보리를 밟으면서 … 49

5월 서정 -1 … 51

청보리 … 52

칡차 … 54

단풍丹楓 … 55

망향가望鄕歌 -2 … 56

가을 연주 -1 … 58

저 하늘 아래 … 59

원추리 바람 … 60

창변窓邊의 손 … 61

할머니는 감나무에 거름을 주셨느니라 … 63

제 2 부
몽블랑 스페어 잉크 65

아파트 항아리 … 66

아름다운 것 -1 … 67

존재存在 … 69

선운사 단풍 … 70

적조현상赤潮現象 -1 … 71

이장移葬 … 72

기원棋院에서 -1 … 74

신오감도新烏瞰圖 -1 … 76

삼국지三國志 … 78

연어 … 80

윤중로 벚꽃 … 82

미문일기美文日記 다비식茶毘式 … 84

몽블랑 스페어 잉크 -1 … 85

돈황敦煌의 미소 … 87

반가상半跏像 … 88

단청丹靑 … 89

강의실 정경 … 90

포장마차에서 … 92

시래깃국 … 94

웃기는 시 울리는 시 … 96

제 3 부
사람을 찾습니다 99

간장 … 100

그리움 -1 … 102

그리움 -2 … 103

그리움 -3 … 104

시론詩論 -1 … 106

시론詩論 -2 … 108

시론詩論 -3 … 110

시론詩論 -4 … 112

시론詩論 -5 … 114

여의도 매미 … 115

산길 … 117

박목월 시인 … 118

도마 … 120

도마질 소리 … 121

게 … 122

사람을 찾습니다 … 124

산행山行 -2 … 126

숲 -1 … 127

조선소造船所 -1 … 129

죽피竹皮 처방 … 130

제 4 부
보리누름에 133

향수鄕愁 … 134

가을 등산 … 136

하루살이 … 137

꽃꽂이 여인 … 138

화가상畵家像 … 140

물레 … 142

선풍禪風 -2 … 144

선풍禪風 -3 … 146

보리누름에 -1 … 147

보리누름에 -2 … 148

보리누름에 -3 … 149

보리누름에 -4 … 151

사중주四重奏 … 153

모시는 말씀 … 154

교정을 보면서 … 155

신락神樂 -1 … 157

신락神樂 -2 … 159

너 어디 있느냐 … 161

팔싸리 … 164

기원棋院에서 -2 … 166

제 5 부
노을같이 바람같이 169

시어詩語의 죽음 … 170

가야산에서 … 171

쉼표와 마침표 … 173

길을 가다가 … 176

노을 -2 … 178

노을같이 바람같이 … 179

아름다운 것 -2 … 181

가수 밀바 … 183

내 가슴속에는 -2 … 185

달 … 186

화론畵論 … 187

눈잎 … 188

수돗물 받던 날 밤 … 189

비비새 -1 … 190

산에서는 … 192

바다 운동회 … 193

조시弔詩 … 195

입춘立春 … 196

동전 두 닢의 슬픔 … 197

진주의 잠 … 200

제 6 부
사막을 거쳐 왔더니 201

봄의 메시지 ··· 202

윤동주 시인 무덤의 풀잎 ··· 203

연가戀歌 ··· 205

콩나물 가족 ··· 206

물레야 물레야 ··· 208

시천주侍天主 ··· 210

열꽃 ··· 213

미당문답未堂問答 ··· 215

시詩를 읊는 의자 ··· 217

섬 ··· 218

독도獨島 -1 ··· 220

사막을 거쳐 왔더니 ··· 223

김치에게 ··· 224

알래스카 -1 ··· 226

이중희李重熙 ··· 228

야외수업 ··· 230

전갈 -1 ··· 232

연애는 ··· 234

후지산 설녀풍雪女風 ··· 236

민심의 소리 ··· 238

작품 해설 /

이념과 예술의 발효시학醱酵詩學 ··· 김관웅 242

제 1 부

보리를 밟으면서

까치밥

우리 죽어 살아요.
떨어지진 말고 죽은 듯이 살아요.
꽃샘바람에도 떨어지지 않는 꽃잎처럼
어지러운 세상에서 떨어지지 말아요.

우리 곱게곱게 익기로 해요.
여름날의 모진 비바람을 견디어내고
금싸라기 가을볕에 단맛이 스미는
그런 성숙의 연륜대로 익기로 해요.

우리 죽은 듯이 죽어 살아요.
메주가 썩어서 장맛이 들고
떫은 감도 서리 맞은 뒤에 맛들듯이
우리 고난 받은 뒤에 단맛을 익혀요.
정겹고 꽃답게 인생을 익혀요.

목이 시린 하늘 드높이
홍시로 익어 지내다가
새 소식 가지고 오시는 까치에게
쭈그렁바가지로 쪼아 먹히고
이듬해 새봄에 속잎이 필 때
흙속에 묻혔다가 싹이 나는 섭리
그렇게 물 흐르듯 순애殉愛하며 살아요.

선풍禪風 −1

노을이 물드는 산사山寺에서
스님과 나는 법담法談을 한다.

꽃잎을 걸러 마신 승방僧房에서
법주法酒는 나를 꽃피운다.

스님의 모시옷은 구름으로 떠있고
나의 넥타이는 번뇌煩惱로 꼬여있다.

"자녀를 몇이나 두셨습니까?"
"사리舍利는 몇이나 두셨습니까?"

"더운데 넥타이를 풀으시죠."
"더워도 풀어서는 안 됩니다."

목을 감아 맨 십자가
책임을 풀어 던질 수는 없다.

내 가정과 국가와 세계
앓고 있는 꽃들을 버릴 수는 없다.

자운영紫雲英 -1

나는 그녀에게 꽃시계를 채워주었고
그녀는 나에게 꽃목걸이를 걸어주었다.

꿀벌들은 환상의 소리 잉잉거리며
우리들의 부끄러움을 축복해 주었다.

그러나
우리들의 만남은 이별,
보자기로 구름 잡는 꿈길이었다.

세월이 가고
늙음이 왔다.

어느 저승에서라도 만나고 싶어도
동그라미밖에 더 그릴 수가 없다.

이제는 자운영을 볼 수 없는 것처럼
그녀의 풍문조차 들을 수가 없다.

다만 알 수 있는 것은
나의 추억 속에 살아 있는
그녀의 미소,
눈빛과 입술이다.

나는 그녀에게 사랑을 바쳤고
그녀는 나에게 시를 잉태해 주었다.

섣달

소복素服의 달 아래
다듬이질 소리 한창이다.

고부姑婦의 방망이 딱뚝 똑딱
학울음도 한밤에 천리를 난다.

참기름 불은 죽창竹窓 가에 졸고
오동梧桐꽃 그늘엔 봉황鳳凰이 난다.

다듬잇돌 명주 올에 선을 그리며
설움을 두들기는 오롯한 그림자

떼 지어 날아가는 철새 울음
은대야 하늘에 산월産月이 떴다.

꽃잎

내가 바라볼 때 너는 피어났고
내가 외면할 때 너는 시들었다.

나의 눈길에 너는 불이 붙었고
나의 손길에 너는 악기처럼 소리를 내어
꿀벌들을 불러 모았다.

네가 잉잉거리는 벌떼들을 불러들일 때
별은 빛나고,

내가 너의 꿀물에 젖을 때
달은 부끄러워했다.

네가 피어날 때 나는 살고
네가 시들 때 나는 죽었다.

돌 -1

불 속에서 한 천년 달구어지다가
산적이 되어 한 천년 숨어살다가
칼날 같은 소슬바람에 염주念珠를 집어들고

물속에서 한 천년 원 없이 구르다가
영겁永劫의 돌이 되어 돌돌돌 구르다가
매촐한 목소리 가다듬고 일어나

신선봉神仙峰 화담花潭선생 바둑알이 되어서
한 천년 운무雲霧 속에 잠겨 살다가
잡놈들 들끓는 속계俗界에 내려와
좋은 시 한 편만 남기고 죽으리.

하지감자

멍든 빛깔의 하지감자는
엉골댁 욕쟁이 할머니,
쪼그라들면 쪼그라들수록
일본 순사 쏘아보는 눈빛이 산다.

일제에 징용 간 남편은 소식 없고
보쌈에 싸여 가서 아들 하나 낳았다가
6·25 전장에 재가 되어 돌아온 후
걸쭉한 욕만 살아서 푸른 독을 뿜는다.

멍든 하지감자는
껍질을 까기가 힘이 든다.
사내놈들 보쌈에 싸여 가는 동안
은장도를 가슴에 품은 채 벼르고 벼르던
그 날선 빛깔이 눈물이 되고 욕설이 되어
독을 품은 씨눈에서 은장도가 번득인다.

능선稜線

오르기 위해서 내려가는 나그네의
은밀한 탄력의 주막거리다.

옷깃을 스치는 바람결에도
살아나는 세포마다 등불이 켜지는
건널목이다, 날개옷이다.
음지陰地에 물드는 단풍같이
부끄럼을 타면서도 산뜻하게
웃을 적마다 볼이 패이는
베일 저쪽 신비로운 보조개……

주기적으로 수시로 물이 오르는
뿌리에서 줄기 가지 이파리 끝까지
화끈거리면서 서늘하기도 한
알다가도 모를 숲그늘이다.

불타는 단풍을 담요처럼 깔고 덮고
포도주에 얼근한 노을을 올려보는
여인의 무릎과 유방 사이의
어쩐지 아리송한 등산광이다.

개살구를 씹어 삼킬 때의
실눈이 감길 듯이 시큰거리는
봉우리에서 봉우리로 이어지는
산등성이의 곡선曲線……

쑤시는 인생의 마디마디
오르기 위해서 쉬어 가는
주막거리의 재충전이다.

창백한 형광등 불빛 아래
기침을 콜록이던 일상日常에서
어쩌다 눈뜬 저 건너 무지개
나무꾼과 선녀의 감로주 한 모금이다.

샘도랑집 바우

가까이 가지도 않았습니다.
탐욕의 불을 켜고
바라본 일도 없습니다.

전설 속의 나무꾼처럼
옷을 숨기지도 않았습니다.

그저그저 달님도 부끄러워
구름 속으로 숨는 밤
물소리를 들었을 뿐입니다.

죄가 있다면
그 소리 훔쳐들은 죄밖에 없습니다.

그런데, 그런데,
그 소리는 꽃잎이 되고 향기가 되었습니다.

껍질 벗는
수밀도의 향기……
밤하늘엔 여인의 비눗물이 흘러갑니다.

아씨가 선녀로 목욕하는 밤이면
샘도랑은 온통 별밭이 되어
가슴은 은하銀河로 출렁이었습니다.

손목 한번 잡은 일도 없습니다.
얘기 한번 나눈 적도 없습니다.

다만 아슴푸레한 어둠 저편에서
떨어지는 물소리에
정신을 빼앗겼던 탓이올시다.

시원始原의 유두乳頭 같은
물방울이 떨어질 때마다
머리카락으로 목덜미로 유방으로 허리로
그리고 또……

곡선의 시야視野 굼틀굼틀
어루만져보고 껴안아보던
그 달콤한 상상의 감주甘酒,
죄가 있다면 이것이 죄올시다.

전설 속의 나무꾼처럼
옷 하나 감추지도 못한 주제에
죄가 있다면
물소리에 끌려간 죄밖에 없습니다.

48

보리를 밟으면서

보리를 밟으면서
언 뿌리를 생각한다.

아이들이 아비에게 대들 때처럼,
시린 가슴으로
아픔을 밟는 아픔으로
해동解凍을 생각한다.

얼마나 교육을 시켜 주었느냐고,
얼마나 유산을 남겨 주었느냐고,
시퍼런 눈들이 대드는 것은
나의 무능임을 나는 안다.

뿌리를 위하여
씨알이 썩는 것처럼,
사랑할수록 무능해지는 것을
나는 안다.

내 아이들이 대들 듯,
어릴 적 내가 대들면

말을 못하시고
눈을 감으시던 아버지처럼,
나 또한 눈을 감은 채
보리를 밟는다.

잠든 어린 것 곁에
이불을 덮어주며
눈을 감는 것처럼,
나는 그렇게 눈을 감은 채
온종일 보리를 밟는다.

5월 서정 -1

5월 보리밭은
여고생들의 매스게임
곡선의 인파를 생각게 한다.

싱그러운 바람의 눈짓에
이끌리는 물결,
살찐 종아리와종아리와종아리와
휘어지는 허리와허리와허리와
풋풋한 이랑을 타고 오는
초여름의 황금마차.

이제 마악
사춘思春의 물이랑을 건너온 바람에
구름이 한 점
노고지리 소리를 귀담아 듣는다.

청보리

청보리의
푸른 정신으로 살고 싶다.

가난한 나라에 태어나 살아도
가난한 줄 모르게
수천 톤의 햇살을 받아들이는
양지바른 토양에서
보란 듯이 살고 싶다.

국어보다 영어를 더 잘 가르치는
그런 사대事大의 사내새끼가 아니라,

자가용 열쇠를 빙글빙글 돌리면서
어깨를 으쓱거린다거나,

면사포를 쓰고
불독 같은 놈에게 들리어가면서도
하이힐 코빼기를 까딱거리는
정신 티미한 계집의 헤픈 웃음은 말고,

짓밟히면서도 일어서는
청보리의 사상,
농부의 뚝심으로 살아나는
그 푸른 정신으로 살고 싶다.

칡차

오늘은 내 나라 칡차를 들자.

조상의 뼈가 묻힌 산
조상의 피가 흐른 산

조상 대대로 자자손손
뼈 중의 뼈, 살 중의 살이 묻힌 산

그 산 진액을 빨아올려
사시장철 뿌리로 간직했다가
주리 틀어 짜낸 칡차를 받아 마시고
내가 누구인가를 생각하자.

칡뿌리같이 목숨 질긴 우리의 역사
칡뿌리같이 잘려 나간 우리의 강토
내 흉한 손금 같은 산협山峽에
죽지 않고 살아남은 뿌리의 정신,
흙의 향기를 받아 마시자.

어제는 커피에 길들여 왔지만
어제는 정신없이 살아왔지만
오늘은 내 나라 칡차를 들자.

단풍丹楓

얼근히 떠오르는 그리움
외상술 넘기는 목구멍이다.

골짜기가 화끈거리는
물과 불의 갈림길이다.

그것은 시간의 혓바닥
부끄럽게 낭비한 인생을
불사르는 목숨이다.

만나고 헤어질 때
순간과 영원의 손을 흔들며
연소하는 노을이다.

흔적도 없이 사라져가는
애증愛憎의 빛깔,
부끄러운 인생의
화끈거리는 저녁나절이다.

망향가望鄕歌 —2

어매여, 시골 울엄매여!
어매 솜씨에 장맛이 달아
시래깃국 잘도 끓여주던 어매여!

어매 청춘 품앗이로 보낸 들녘
가르마 트인 논두렁길을
내 늘그막엔 밟아 볼라요!

동짓날 팥죽을 먹다가
문득, 걸리던 어매여!

새알심이 걸려 넘기지를 못하고
그리버그리버, 울엄매 그리버서
빌딩 달 하염없이 바라보며
속울음 꺼익꺼익 울었지러!

앵두나무 우물가로 시집오던 울엄매!
새벽마다 맑은 물 길어와서는
정화수 축수축수 치성을 드리더니
동백기름에 윤기 자르르한 머리카락은

뜬구름 세월에 파뿌리 되었지러.

아들이 유학을 간다고
송편을 쪄가지고 달려오던 어매여!

구만리장천에 월매나 시장허꼬
비행기 속에서 먹어라, 잉!

점드락 갈라먼 월매나 시장허꼬
아이구 내 새끼, 내 새끼야!

돌아서며 눈물을 감추시던 울엄매!
어매 뜨거운 심정이 살아
모성의 피 되어 가슴 절절 흐르네.

어매여, 시골 울엄매여!
어매 잠든 고향 땅을
내 늘그막엔 밟아 볼라요!
지나는 기러기도 부르던 어매처럼
나도 워리워리 목청껏 불러들여
인정이 넘치게 살아 볼라요!

자운영 환장할 노을진 들녘을
미친듯이 미친듯이 밟아 볼라요!

가을 연주 -1

달빛이 풀잎을 연주한다.
달빛이 활을 쥐고
바이올린을 켜는
풀 푸른 소리.

은하銀河 이슬이 흐른다.
강물은 비늘을 털고
악보樂譜의 눈들이 반짝인다.

풀꽃에 자지러지는 바람
천연天然의 머리카락이 흩날린다.

풀잎은 풀잎끼리
별빛은 별빛끼리
볼을 비벼대는
애무의 밤
지칠 줄 모르는 연주
나도 하나의 활이 된다.

저 하늘 아래

아침을 들다가도
문득,
올려보는 하늘
저 하늘 아래 보이는 땅이
내 고향이다.

대밭엔 비비새 울고
하얀 연기 얕게 깔리는
꿈속의 마을
부르면 부를수록 청국장 냄새가 난다.

청국장을 잘 끓여주시던 어머니
시골 어머니는
가슴에 활활
솔가리 불을 지피신다.
                    −1976년 일본 나고야[名古屋]에서

원추리 바람

그대가 원추리라면
나는 그대 스치고 가는 바람

한번만 스치고 가는 바람 아니라
다시 돌아와 속삭이는 바람

바람은 원추리에 잠이 들고
원추리는 바람에 흔들리면서
영원한 섭리의 춤과 노래로

창작된 신화神話는
그리움의 농축액
시간을 천년만년 아껴서 쓴다.

창변窓邊의 손

-남북이산가족 상봉 마지막 날에

하나의 손바닥을 향하여
또 하나의 손바닥이 기어오른다.
차창 안의 손바닥을 향하여
차창 밖의 손바닥이 기어오른다.

줄리엣의 손을 향하여
로미오의 손이 담벼락을 기어오르듯
기어오르는 손바닥 사이에 차창이 막혀 있다.

유리창은 투명하지만,
매정스럽게 차가웠다.

차창 안의 손은 냉가슴 앓는 아들의 손
차창 밖의 손은 평생을 하루같이 산 어미의 손
신혼新婚에 헤어졌던 남편과 아내의 손
손과 손이 붙들어보려고 자맥질을 한다.

손은,
오랜 풍상風霜을 견디어내느라 주름진 손은

혹한酷寒을 견디어낸 소나무 껍질 같은
수없는 연륜年輪의 손금이 어지럽다.

암사지도暗射地圖보다도 잔인한
상처투성이 손이 꿈결처럼 기어오른다.

얼굴을 만지려고, 세월을 만지려고
눈물을 만지려고, 회한悔恨을 만지려고
목숨 질긴 칡넝쿨처럼 기어오르면서
왜 이제야 왔느냐고,
왜 늙어버린 뒤에 왔느냐고,
유복자遺腹子 어깨를 타고 앉아 오열을 한다.

할머니는 감나무에 거름을 주셨느니라

할머니는 돼지 족발을 삶을 때마다
우리에게는 고기만 주시고
국물은 국물도 없었느니라.
절로 가지고 가시곤 하셨기 때문이었느니라.

국물도 먹고 싶었는데
한 방울도 주는 법이 없이
족발 살코기만 주시곤 하셨느니라.

할머니는 국물을 어디다 쓰느냐고
궁금증이 동해서 여쭈었더니
감나무에 거름을 주셨다고 하셨느니라.

할머니가 입적入寂하신 후
그 절을 찾아갔더니
연로하신 큰스님이 암자에서 반기셨느니라.

감나무의 홍시를 따주시면서
너희 할머니는 큰보살이었느니라.
오실 때마다 약을 가져오셔서

나의 무릎 관절,
골다공증을 치유하셨느니라.

감나무 열매 홍시처럼
떫은 기 없는 말씀으로
윤회로 윤회로 윤회전생으로
감나무 밑거름을 되뇌시었느니라.

제 2 부

몽블랑 스페어 잉크

아파트 항아리

계백장군의 발성,
욕되게 사느니
차라리 내 손에 죽어라고
쳐들었던 망치를 내려치자
대물림 받은 항아리가 비명을 질렀다.

봄부터 가을까지
햇볕에 거풍시키고
흰 구름도 놀다 가게 뚜껑을 열며
풍신한 몸매 물걸레질하던
할미와 어매도 비명을 질렀다.

조상 대대로 대물려 내려온
흙의 파편들을
경비 아저씨는 종량봉투에 버리란다.
김치는 냉장고에 두고
간장을 한 병씩 사먹으면 되는
편리한 세상에 계백이 죽는다.

아름다운 것 -1

보내놓고 돌아와
틀어박는 쐐기는 아름답다.

쐐기의 미학으로
눈물을 감추면서
피어내는 웃음꽃은 아름답다.

기다림에 주름 잡힌 얼굴로
쏟아져 내리는
햇살의 만남은 아름답다.

태양의 미소와
바람의 애무
눈짓하는 나무는 아름답고
지저귀는 새는 아름답다.

아름다운 것은
눈짓하는 나무와
지저귀는 새,
떠난 이의 뒤에서 헛웃음치는 아픔이다.

보내놓고 돌아와
짜깁는 신경의 잔을 기울이며
하루를 천년같이 기다리는 노을이다.

노을 담긴 그리움이
한으로 괴이어
떠낸 시의 잔에 넘치는 술의 입술이다.

아름다운 것은
산불로 타오르던 나무
뚫린 가슴에
울며울며 쐐기를 지르는
망각의 술, 기다림의 잔이다.

존재存在

당신이 하늘이라면
나는 그 속에 떠도는 구름

당신이 바다라면
나는 그 속에 출렁이는 물결

당신이 땅이라면
나는 하나의 작은 모래알

당신의 손바닥 위에
숨 쉬는 나는
당신의 영원 속의 순간을
풀잎에 맺혀 사는 이슬

한나절 맺혔다가
사위어가는
목숨……

선운사 단풍

바람난 선녀仙女들의 귓속말이다.
발그레한 입시울 눈웃음이다.

열이 먹다 죽어도 모를
선악과의 사랑궁이다.

환장하게 타오르는 정념의 불꽃
합궁 속 상기된 사랑꽃이다.

요염한 불꽃 요염한 불꽃
꽃 속에서 꿀을 빠는 연인끼리
꽃물 짜 흩뿌리며 열꽃으로 내지르는
설측음이다 파열음이다 절정음이다.

빛깔과 소리가 바꿔치기 하는
첫날밤 터지는 아픔의 희열이다.

꽃핀 끝에 아기 배었다는
모나리자의 수수께끼다.

적조현상赤潮現象 －1

시청 앞 광장.
초저녁부터 별 떨기 같은 촛불의 무리가 순수 샛별
로 반짝이더니 언제부터인가 촐싹대던 물결에서 대
량으로 번식하던 쇠파이프와 각목, 낫과 망치들이 플
랑크톤을 번식하면서 적조의 바다는 삽시간에 피로
물들었다.

각목은 영양염류를 퍼뜨리고
쇠파이프는 쓴물을 발산하여
청와대로 진격하자고
경찰차를 때려 부순다.

붉은 물결은 피투성이다. 벗기고 싶은 가면은 촛불
뒤에서 뒤집어엎는 일과 발목 잡는 일을 작당하고
주동하면서 밤이 깊어지고 날이 샐 때까지 자정능력
을 상실한 채 물대포에 맞서서 욕설을 탈곡한다. 바
다를 살리기 위해 타 뿌리는 물대포의 황토흙물이
적조를 막지 못하자 불어난 불법이 합법을 가장했다.
건널목의 빨강 신호등 앞을 많은 사람들이 건너가듯
불법이 많아지면 합법이 된다고.

이장移葬

우렁같이 진액을 빨리고
빈 깍지로 떠나간
할머니 잔해殘骸를 어루만지며
나는 죽음을 접골接骨한다.

세월에 삭은 뼈다귀와
두골頭骨을 들어올려
솔뿌리로 털어 내는
흙속에
사람의 향기가 젖어 있다.

스무 해만에 햇볕을 받는 해골
퀭 뚫린 눈뼈 속으로
명주실 같은 뿌리가 어지러워
목뼈와 갈비뼈와 다리뼈
내려가면서 흙을 털면
뼛속에 내가 만져진다.

내가 할머니의 뼈를 어루만지듯
언젠가는 자식이나 손자들이

72

내 뼈를 어루만질 때
내 정신은 어디에 있을까.

시인은 죽어서 파랑새가 된다는데
내 이름자 닮은 솔가지에 내려와
松松松松, 지줄 뱃쫑 松松,
영겁永劫을 노래 부르며
상징시라도 한 곡조 뽑을 수가 있을까.

기원棋院에서 —1

바둑이란 무엇입니까?
인생을 살펴 가는 것이다.

인생이란 무엇입니까?
정석定石을 놓아 가는 것이다.

정석이란 무엇입니까?
인지당행지도人之當行之道니라.

도道란 무엇입니까?
시詩와 같은 것이다.

시란 무엇입니까?
죽은 수를 찾는 것이다.

바둑을 어떻게 두어야 합니까?
잘못 둔 인연은 단념해야 한다.

왜 단념해야 합니까?
인정에 이끌리면 갇히어 죽는다.

죽는다는 것은 무엇입니까?
무無다.

무는 무엇입니까?
유有다.

유有와 무無는 무엇입니까?
있다가도 없는 바둑판이다.

바둑판은 무엇입니까?
인생이다.

인생이란 무엇입니까?
정석定石이다.

신오감도 新烏瞰圖 －1

여호와 하나님이 아니라
돈의 신神으로 납신 까마귀가
하늘에서 내려다보는 가운데
제1의 선장이 도주하오.
제2의 선원들이 도주하오.
제3의 선주가 도주하오.
제4의 안전행정 공무원들이 도주하오.
제5의 해양경찰들이 도주하오.
제6의 국회의원들이 도주하오.
제7의 법관들이 도주하오.
제8의 관료들이 도주하오
제9의 관리 감독관들이 도주하오.
제10의 뺀질이들이 도주하오.
제11의 정치 선동꾼들이 도주하오.
제12의 변질된 촛불들이 도주하오.
제13의 사이비 신도들이 도주하오.
돈의 신이 공중에서 내려 보는 가운데
무책임과 무능과 비겁과 몰염치,
전관예우 솜방망이가 도주하는 가운데
선생님들의 출구는 보이지 않았소.

승무원들의 출구는 보이지 않았소.
학생들의 출구는 보이지 않았소.
자원봉사자들의 출구도 암담하오.
잠수부들이 뚫는 출구는 돈의 신을 지나
제물들로 트이기 시작하오.
선생님들의 살신성인으로
학생들의 살신성인으로
승무원들의 살신성인으로
잠수부들의 살신성인으로
자원봉사자와 국민의 눈물 빛으로
되살아난 내일의 태양이 떠오르오.

삼국지三國志

와리바시가 자장면을 삼킨다.
자장면이 와리바시를 물들인다.
와리바시와 자장면 싸움에 사발沙鉢이 금간다.

자장면을 감아올리던
와리바시가 부러져나가고
금 간 사발에 개풀어진 자장면
되놈들 대가리에 황사黃砂가 인다.

자장면은 식품食品이지만
와리바시는 소모품消耗品이지만
사발에는 품品을 붙일 수 없는
경천敬天의 우러름이다.

속까지 입을 벌리고
하늘 우러러 두 손 비는
백의민족의 몸짓이다
흰옷의 눈물어림이다.

하얀 순백純白의 사발에서는
〈福〉자 〈喜〉자 원추리 글씨가
햇살을 모셔 들이지만
황하黃河를 건너온 자장면에서는
홍위병紅衛兵의 깃발이 꿈틀거리고
고꾸라진 와리바시에서는
사무라이 칼날이 번쩍거린다.

연어

산란을 서두르던 연어가, 산란을 위해 상류로 거슬러 오르던 연어가 시멘트 턱을 넘지 못하고 옆으로 튕겨지고 떨어져 죽었다. 지느러미로, 꼬리로 시멘트를 치며 파닥이다가 몸을 바르르 떨면서 생을 마쳤다. 한 마리가 죽기가 무섭게 다음 또 한 마리가 눈을 감지 못한 채 아가미를 움직여보다가 죽게 되자, 또 다른 연어가 자살을 흉내 내기라도 하는 듯이 애처롭게도 나가 떨어져 죽는다. 태평양 바다를 누비며 행복의 꿈에 부풀어 돌아온 고향에서 산란도 하지 못한 채 최후를 마친 연어는 한둘이 아니다. 이름 좋은 대한민국에서 휴지처럼 버려지고 썩어간 목숨이 한둘이 아니라고 허공으로 연신 뻐끔거린다.

숭례문이 불에 타 죽던 날 최저생계비로 연명하던 상해 임시정부 지도자의 유일한 혈손이 병원 문턱을 넘지 못한 채 숨을 거두고 말았다. 중국 대륙, 만주 대륙을 누비며 일본군과 맞서서 싸우던 독립투사가 씨를 퍼뜨리지 못한 채 생을 마감했다. 반 지하에서 옥탑 방으로, 다시 반 지하로 옮겨 다니며 남루한 생을 연명하던 애국지사 무덤도 행방불명인데, 혈육의 무덤을 찾아 북만주를 누비던 유일한 후손도 병원 문턱을 넘지 못한 채 최후를 마치고 말았다. 대한민국은 고향 찾는 연어의 수난 중. 가난의 턱을 넘지 못한 채 쪽방촌에서 불에 타죽은 일일 품팔이 노동자 중국동포들도 까만 숯덩이가 된 채 산란을 멈추었다.

윤중로 벚꽃

게처럼 횡보橫步만 궁리하는
국회의사당에 눈 흘기는 사람들이
울긋불긋 구름 떼로 몰려와서
꿀벌처럼 닝닝닝 넋을 놓고 바라본다.

청운 꿈, 뭉게뭉게 바라보듯이
3·1만세 함성을 바라보듯이
화사한 꽃구름을 정신없이 바라본다.

그러면서 하는 말이
"죽을 때는 저렇게
아름답게 진다면 월매나 좋으까
저렇게 양광陽光 다 독차지하고
떠날 때는 조용하게 지니 월매나 좋으까."
하고, 아찔한 현기증 가열시킨다.

떠날 때는 화사한 꽃잎 흩뿌리면서
짧고 굵게 살다 가면 월매나 좋으까.

옆으로 실실 기는 게 꼴 볼 것 없이
꿀벌들 넘나드는 순결한 정사,
씨방 남기고 지는 꽃잎들의 세상은
이승 저승 윙윙윙 월매나 좋으까.

미문일기美文日記 다비식茶毘式

나의 생애 중 1년을 태웠다.
365일을 10여 분에 태웠다.

언젠가는 나도 태울 그날을 위하여
예행연습을 아름답게 하였다.

북한강 기슭에서
문우들과 함께하는 일기 다비식
불꽃 속에서 내 청춘 한때가 날아갔다.

장작불 가에서
마지막 남은 재를
누군가가 종이컵에 담는다.

미진한 온기 속에서
나의 청춘이 저문다.

몽블랑 스페어 잉크 -1

할아버지는 붓으로 상소문上疏文을 쓰시고
아버지는 연필로 서한문書翰文을 쓰시고
나는 초등학교 때부터
연필로 한글과 한문漢文을 쓰다가
중학교 다닐 때부터는
펜으로 잉크를 찍어서 쓰다가
펌프 만년필과 튜브 만년필
조강지처糟糠之妻 같은 만년필을 애지중지하다가
첩실妾室 같은 볼펜과 떨어져 살 수 없게 되었다.

그러나
한 눈 똥그란 볼펜은 나를 노려보다가
생활의 기름이 다 떨어지면
쓰레기통 아무데나 버림을 받았다.

세월은 바야흐로 컴퓨터가 들어와
워드프로세서로 글을 쓰게 되었다.
그러나, 그러나 세상은 아무리 변해도
조강지처를 버릴 수는 없다.

전당포 먼지처럼
해묵은 만년필을 찾아내고
남대문수입물품 상가를 찾았다.
몽블랑 스페어 잉크를 찾았으나
하늘색 잉크가 보이지 않았다.

어두운 세상 같은
검은 잉크를 사서 들고
지하도地下道 층계를 내려가고 있었다.

돈황敦惶의 미소

햇빛도 들지 않는
밀폐된 막고굴 속에서
천년 먼지 속에 꽃핀 미소를 바라본다.

배시시 웃는 영산홍은 아니고
미소 살짝 스치는 살구꽃 언저리
뭐라 말할 수 없는 침묵의 꽃
세상 번뇌가 먼지를 먹고 거듭난 끝에
바위의 기지개가 미소 꽃을 피웠네.

아무리 어두운 흑암지옥에서도
아무리 숨 막히는 무간지옥에서도
빙그레 미소하는 대자대비의 꽃
노을 한 자락 스치는 미소의 극락

접시의 참기름 불
가물가물 스치는 극락 한나절
천 년 전 고승의 꽃노을을 보았네.

반가상半跏像

내가 참고 보니
어느덧 반가상이 되었다.

온갖 욕설을 탈곡하는
악구惡口를 피해
눈을 감고 있으면
나의 몸은
원죄를 태우고 남은 재,

인생을 빨래하는
잿물 빨래가 되었다.

단청丹靑

세월의 무늬가 주름져 있다.

주름살 하나하나
질감이 햇살에 바래었다.

시간이 화석처럼 정지된 목질에서
세월의 앙금을 만나게 될 때
풍경은 맑은 소리를 낸다.

세상사는 언제나 치열하지만
세월의 앙금은 품위를 지킨다고.

저만치 흰 구름 아래
세월의 무늬가 주름져 있다.

강의실 정경

일본인 여교수
샤미센의 목소리
화사하게 날리는
사쿠라 꽃잎
흑판엔 춤추는 히라가나.

중국인 여학생의
빨간 미소
매화꽃 겨드랑이에 이는
사춘思春의 바람
사성四聲으로 오르내리는
물새 소리.

미국인 여학생
웃음소리는
조선 닭 알 낳고
홰치는 소리
참깨밭에 쳐드는
햇살의 이빨.

호주인 학생
수염에서 떨어지는
계곡의 물소리
바람소리.

나는 말없는
석굴암대불石窟庵大佛……
　　－1975년 일본 남산대학에서

포장마차에서

그녀는 시를 쓰고 나는 잡문을 끄적였다.

잔잔한 눈으로 말하는
그녀의 시는 꿈이었다.

그녀가 호수 같은 눈으로
꿈꾸듯 속삭일 때
나는 허튼소리를 하고 있었다.

그녀의 옥합玉盒 속 깊은
수심水深을 알지 못한 나는
참새처럼 짹짹거리고 있었다.

그녀가 내 입을 막을 때
내 의식하기 싫은 의식의 세포들이
굴러 떨어지고 있었다.

군참새를 씹으면서
짹짹거릴 때
그녀는 몸서리를 쳤다.

내 입에 들어가는 생활의 모래주머니
내 입에서 나오는 허튼소리를
변명하지 말았어야 했다.

교감交感의 불은 꺼지고
싸늘하게 식어버린 멍든 가슴
씽씽 아파 우는 찬바람 야멸차도
차라리 변명하지 말았어야 했다.

생활의 거름자리 후비던 발톱을
차라리 변명하지 말았어야 했다.

쩩쩩거리면 시가 되지 않는 공복에
술을 마시다가
검정 넥타이를 쓰다듬는다.

내 목을 감아 맨
내 상장喪章을 펴들고
내 제사祭祀를 지내는
내 영혼을 쓰다듬는다.

시의 불감증으로 죽어지내는
나의 제전祭典에
그녀는 술을 따르고
나는 부끄러운 잔을 받아 마셨다.

시래깃국

고향 생각이 나면
시래깃국 집을 찾는다.

해묵은 뚝배기에
듬성듬성 떠있는
붉은 고추 푸른 고추
보기만 해도 눈시울이 뜨겁다.

노을같이 얼근한
시래기 국물 훌훌 마시면,
뚝배기에 서린 김은 한이 되어
향수 젖은 눈에 방울방울 맺힌다.

시래깃국을 잘 끓여주시던
할머니는 저승에서도
시래깃국을 끓이고 계실까.

새가 되어 날아간
내 딸아이는
할머니의 시래깃국 맛을 보고 있을까.

고향 생각을 하다가
할머니와 딸아이가 보고 싶으면
시래깃국 집을 찾는다.

내가 마시는 시래기 국물은
실향失鄕의 눈물인가.

내 얼근한 눈물이 되어
한 서린 가슴, 빙벽氷壁을 타고
뚝배기 언저리에 방울방울 맺힌다.

웃기는 시 울리는 시

노교수가 학생들에게 물었다.
"6·25가 몇 년도에 일어났느냐"고.
그러나 모두들 꿀 먹은 벙어리였다.

절망하기 싫은 명예교수가
명예를 회복하기 위해서 다시 물었다.
"올해가 단기 몇 년이냐"고.
역시 모두들 꿀 먹은 벙어리였다.

분단의 원인도 모르고
제 나라 생년도 모르는 반거들충이들
지구가 반칙을 일삼고
병이 깊어지니까 하늘도 노하여
빈 하늘에 헛수고를 한다.

별들이 쏜살같이 사정하며 떨어지는
하나님의 혼불
신神은 돌아가셨는가.

96

달콤한 연인들 휴대폰 속에서
영어 컴퓨터 필수과목에 밀리어
문사철文史哲이 종명終命을 고하자
마지막 씨 있는 말을 하겠다고
노교수가 교탁에서 분신자살했다.

머리에서부터 시너를 들이붓고
라이터 불을 확 붙인 후
등신불처럼 미동도 하지 않은 채
활활 타고 있었다.

씨 있는 불의 말을 남기겠다고…….

제 3 부

사람을 찾습니다

간장

우리 조용히 썩기로 해요
우리 기꺼이 죽기로 해요.

토속土俗의 항아리 가득히 고여
삭아 내린 뒤에
맛으로 살아나는 삶,
우리 익어서 살기로 해요.

안으로 달여지는 삶,
뿌리 깊은 맛으로
은근한 사랑을 맛들게 해요.

정겹게 익어가자면
꽃답게 썩어가자면
속맛이 우러날 때까지는
속 삭는 아픔도 크겠지요.

잦아드는 짠맛이
일어나는 단맛으로
우러날 때까지,

우리 곱게곱게 썩기로 해요
우리 깊이깊이 익기로 해요.

죽음보다 깊이 잠들었다가
다시 깨어나는
부활의 윤회輪廻,

사랑 위해 기꺼이 죽는
인생이게 해요
사랑 위해 다시 사는
재생이게 해요.

그리움 −1

그리움은
해묵은 동동주,
속눈썹 가늘게 뜬 노을이다.

세월이 가면
고이는 술,
꽃답게 썩어 가는
눈물어림이다.

눈물을 틀어막는
쐐기의 아픔이다.

뜬구름 같은
가슴에
삭아 괴는 한恨,
떠도는 동동주다.

그리움 －2

고향이 그리운 날 밤엔
호롱에 불이라도 켜보자.

말 못하는 호롱인들
그리움에 얼마나 속으로 울까.

빈 가슴에
석유를 가득 채우고
성냥불을 붙여주자.

사무치게 피어오르는 향수의 불꽃
입에 물고
안으로 괸 울음 밖으로 울리니

창호지에 새어드는 문풍지 바람
밤새우는 물레소리 그리워그리워

졸아드는 기름 소리에
달빛도 찾아와 쉬어 가리니……

그리움 －3

그리움이 살아서
비가 나를 부르네.
비가 나를 오라 하네.

괴로워 말고
정말 괴로워만 말고
억수로 젖어 오라 하네.

그리움의 비는,
가슴에 내리는 그리움의 그대는
빙벽을 타는 눈물인가
전신주에도 신호등에도
방울방울 맺히네.

내 한이 썩어 내리는
그대 눈물의 비,
애수의 눈시울을 타고
방울방울 맺히네.

그리움이 살아서
비가 나를 부르네.
비가 나를 오라 하네.

괴로워말고
정말 괴로워만 말고
실버들 아래로 젖어 오라 하네.

언제부터 오시는 소리이기에
저리도 온몸으로 젖어오는가.

아무리 어두운 밤이어도
그대 치마폭 아늑한 고향,
천 갈래 만 갈래 부서져 내리는
내 감관感官의 창문이여!

산발한 실버들 아래
산발하며 오는 그대,
부서지는 목숨의 벼랑이여!

시론詩論 —1
-용수에서 떠낸 술

시를 쓰기 전에
인생을 정서하라.

가슴에 괸 술을
곱게 떠내어라.

성급하게
쥐어짜는 악주惡酒일랑
아예 꿈도 꾸지 말라.

시는
썩는 의식의 항아리에
용수를 질러놓고
기다리는 사상.

인생이 익을 때까지
기다리며 참는
꽃술의 아픔이다.

떫은 언어가
익느라고
썩는 동안엔
남모르는 눈물도 흘려야 하느니라.

속을 썩혀서
단맛으로 우려내는
내밀內密의 결정結晶.

꽃답게 익은 술,
정겹게 괸 술을
곱게 떠내어라.

시론詩論 ─2
-도토리묵

높은 산의
경험의 나무숲과

깊은 골의
인식의 물소리 찾아 헤매며

주워온 도토리 옹배기에 붓고
바위틈의 맑은 물 남실남실
잠재우는 일월日月로
떫은 언어를 우려낸다.

우려내면 우려낼수록
맑아지는 정신,
혼신의 열을 가한다.

창조의 질서를 찾아
열을 가하고
열을 식히면
오롯하게 어리는

산향山香의 묵,

시어詩語를 퍼 담은
심상心象의 옹배기에
도토리묵만 오롯하게 어린다.

시론詩論 ―3

마음 편한 식물성 바가지 같은 시
단기檀紀를 쓰던 달밤 교교한 음력의 시
사랑방 천장에선 메주가 뜨던
그 퀘퀘한 토속土俗의 시를 쓰고 싶다.

인정이 많은 이웃들의 모닥불 같은 시
해질녘 초가지붕의 박꽃 같은 시
마당의 멍석 가에 모깃불 피던
그 푸르스름한 실연기 같은 시를 쓰고 싶다.

겨울엔 춥고 여름엔 머리 벗겨지는
빨강 페인트의 슬레이트 지붕은 말고,
나일론 끈에 목을 맨 플라스틱 바가지는 말고,
뚝배기의 숭늉 내음 안개로 피는
정겨운 시, 푸짐한 시, 편안한 시,
더운 김이 모락모락 피어오르는
고구마 한 소쿠리씩의 시를 쓰고 싶다.

고추잠자리 노을 속으로 빨려드는 시,
저녁연기 얕게 깔리는 꿈속의 시,
어스름 토담 고샅길 돌아갈 때의
멸치 넣고 끓임직한 은근한 시,
그 시래깃국 냄새 나는 시를 쓰고 싶다.

시론詩論 －4

처음에는
배낭 가득히 돌을 주워왔다.

그러나
그 돌이 쓸모없음을 알게 되었다.

날이 갈수록
배낭의 무게가 가벼워졌다.

그러다가
배낭이 바랑이 된 뒤부터는
빈 바랑만 돌아오는 세월이 늘었다.

빈 배에 바람만 채워서 돌아오듯
빈 바랑에 채워온 바람은
그물에 걸리지 않는 바람,

하늘을 가리다가도
한 주먹에 들어온 종이에
하늘을 담아 넣고 새긴 시

바랑이 빌수록 채워지는 시
달에서 가져온 월석月石 하나……

靑天一張紙 寫我腹中詩……

시론詩論 —5

서울에 비가 오면
비 오는 세상인 줄 알지만,

활주로에서 이륙하게 되면
햇빛이 쨍쨍,
발아래 맑은 하늘 밑
흰 구름바다가 펼쳐진다.

산문으로는 비가 오는데,
시로는 햇살이 쨍쨍하다.

맹렬한 힘을 축적한 끝에
비행기가 떠야 하듯이
시어는 긴축정책으로
치열한 구조조정으로
하늘 높이 떠가야 하느니라.

여의도 매미

목재소 톱니바퀴에
원목 썰려지는 쇳소리가 난다.

판자를 켤 때 나동그라지는 소리
각목을 켤 때 나동그라지는 소리
세금만 축내면서 나동그라지는 소리
비정규직 퇴출될 때 나동그라지는 소리
둥근 톱니에 물려 뜯기면서
쇳소리를 내지르면서 나동그라진다.

난장판 개판치는 소리
유혈이 낭자한 가운데 격투가 벌어지는 소리
주먹을 날리고, 기구를 집어던지고
해머, 전기톱, 소화전이 난무하는 소리

사나워진 매미들이 쓰름쓰름 매암매암
의원 숫자를 줄여라!
선량들을 외국에서 수입해 오라!
조직폭력 국회의원은 물러가라!

염증을 느끼는 동안에
사나워진 매미에게서
국회 문짝 때려 부수는 쇳소리가 난다.

산길

우정이란, 사랑이란,
또는 인연이란 산길 같다고
산들이 넌지시 말해주었었다.

자주 다니면 길이 나지만
다니지 않으면 길이 사라진다고
바람처럼 말해 주었었다.

다니지 않으면
수풀이 우거져 길은 사라지고
우정도, 사랑도, 인연도,
묵정밭처럼 쓸모없게 된다고.

박목월 시인

1973년 1월 8일
대한민국 서울의 중심가 종로
낙원빌딩 13층 10호실에서
'분단문학과 통일문학' 주제를 걸고
朴木月, 張泳暢, 鄭貴永 앞에서
나는 사회를 보고 있었다.

모두들 빈손으로 와서 말을 하는데,
박목월 선생은 노트에 써온
깨알 같은 글씨를 보면서
분단과 통일을 설파하셨는데,
그때 찍은 사진만 남고
둘이서 찍은 사진은 볼 수 없게 되었다.

헤어질 때
엘리베이터 앞에서 사진을 찍었으나
목월 선생만 나오고
나는 반쪽 먹통인 채
볼 수 없게 되었다.

세월이 물같이 흘러간 후
나의 사진첩에 실린 사진 한 장
오른쪽에서부터 설명하자면
朴木月 시인, 鄭貴永 문학평론가,
張泳暢 시인, 그리고 나……
모두 떠나고 나만 남아있다.

도마

세월의 흔적이 손금처럼 갈라져
상처를 모름지기 감추고 있다.

날카로운 식칼을 피하지도 않은 채
온몸으로 다스린 숙명의 가슴

가슴은 좁아도
하해와 같이 넓은 배려

하늘을 보고 누운 채
운명으로 받아들인다.

언제나 받아들이는 칼날에서
순애하는 인생을 배운다.

도마질 소리

새벽잠에서 깨어날 때
무의식의 늪에서 의식의 호수로
찰랑찰랑 남실남실 깨어날 때
일출日出처럼 환하게 솟아오르면서
다독거리면서 어루만지는
심장소리가 식물성으로 들려요.

아내가 식칼로 무를 써는 소리
당근과 오이를 써는 소리
양파와 풋고추 써는 소리가 들려요.

때로는
마늘을 다지는 소리
생강을 다지는 소리가 들려요.

행주치마가 검어질수록
김치찌개는 얼큰한 맛이 살고
도마에 상처가 나듯
주름살이 깊어질수록
들깨 갈아 부은 토란국은
은은한 조선여인의 손맛이 살아요.

게

국회의사당 같은
갑각류甲殼類 십각목十脚目의 절지동물이
둥근 등딱지로 납작 엎드려 있다.

대족大足은 이족二足이요
소족小足은 팔족八足이요
안목眼目은 상천上天하고
거품은 버글버글
옆으로 실실 기는
저 거동 좀 보소.

행여 기득권 재산 명예 빼앗길까봐
딱지 안으로 겹눈을 움츠리고
요리조리 살피다가
표만 보이면 재빨리 나꿔채는
횡보橫步의 기재奇才로다.

역사의 톱니바퀴에 끼인 채
역사의 발목 잡는 한량들이
국회의사당처럼 엎어져 있다.

높은 세금 매기려면
나 잡아가 잡수라는 듯이
등딱지만 내보이며 엎어져 있다.

사람을 찾습니다

사람을 찾습니다.

우리나라에는 아버지가 없습니다. 민심을 외면하는 선량들, 당리당략에 날 새는 줄 모르다가 실성실성 미쳐버린 국회의원도, 제 부모와 형제자매를 외면하고 사지로 끌려가게 하는 외교관도, 제 뱃속만 채우는 귀족노동자도, 따끔하게 나무라고 종아리 걷게 하여 회초리로 때릴 수 있는 그런 다스림의 아비가 우리나라에는 없습니다.

고양이에게 생선을 맡기는 꼴이 되었습니다. 요직이라는 요직은 생선을 고급스럽게 뜯어먹는 자리올시다. 허가 낸 도둑놈들의 자리올시다. 이제는 국민의 세금을 맡길 데가 없습니다. 주인인줄 알았는데 알고 보니 종놈들이올시다. 종중에서도 대책이 서지 않는 인간 말종이올시다. 말이 좋아 인간이지 개만도 못한 말종들이올시다. 개는 도둑에게 짖고 주인에게 꼬리 치지만, 이건 도둑에 꼬리치고 주인을 물어뜯는 말종 중의 말종, 인간 말종이올시다.

우리나라는 분단이 되었지만, 농사지을 땅 한 뙈기도 없는 나의 아버지는 농부다운 농부였습니다. 자기는 굶주려도 자식에게는 먹였고, 자기는 헐벗어도 자식에게만은 입혔으며, 자기는 못 배워도 자식에게만은 배우게 하려고 해마다 도로변의 도랑농사를 지었습니다. 물이 벙벙한 도랑에다 모를 심을 때 종아리에 들어붙어 피를 빠는 거머리는 삐쩍 마른 장딴지의 가난한 피를 포식하고서야 떨어졌습니다.

거머리에게 피를 빨리면서도 자식농사 지어보려고 알탕갈탕 도랑 논의 돌을 건져내고 사금파리에 피 흘리면서 모를 심는 아버지, 가을에는 참새들이 다 빨아먹고 쭉정이만 남은 것을 그래도 농사라고 애지중지 베어 들여서 달밤에 훑는 아버지, 그런 아버지가 대한민국에는 눈을 씻고 봐도 없습니다. 그런 아버지를 보셨습니까?

이제 사람을 찾습니다. 나의 아버지를 닮은 그런 사람을 목마르게 찾습니다. 그런 아버지를 대통령이건, 국회의원이건, 외교관이건, 붉은 조끼 입고 하늘에 주먹 들이대며 데모하는 무리 가운데서라도 발견하신 분이 계시면 연락 주십시오. 꼭 후사하겠습니다.

산행山行 －2

산행은 산행인데
보통 산행이 아닌가 보다.

태양을 등에 업은 채
내 그림자를 밟고 가는
12월 12일 12시 12분······

번뇌의 땀방울 하나가
햇살을 데리고 와서는
왼쪽 안경알에 정사情死했다.

허리 구부린
일렬종대로 종대로
백운대白雲臺 오르는 깔딱고개에서
태양과 정사한 내 땀에 어린
시야視野가 흐려
영원한 순간을 꾸물거렸다.

숲 −1

숲은 원시의 도시
곡선曲線의 시야視野로 헤엄쳐 가는
호심湖深 흔드는 지느러미

태고太古의 숨결이
천정天情을 갈구渴求하는
빛깔 고운 여인의 머리카락.

세상 일
어두운 뒷골목을 돌아
태양太陽을 흘기는 눈매

창녀娼女의 종아리처럼
할 일 없이
비계덩이만 키우거나 말거나……

숲은 원시의 도시
기억幾億 연륜年輪이
바위의 침묵을 붙드는

고고孤高의 자태姿態로
곡선의 시야를 헤엄쳐 가는
호심 흔드는 지느러미.

조선소造船所 —1

흰 소금을 몰고 오는
원시의 땀 속으로
목수木手의 수건이 빨려드는 바다.

수건에 걸린 하늘로
완성의 못질이 떨어지면
맨발로 뛰는 심장이
어둠을 털고 일어나
바다와 관계할 것이다.

무덤은 사라질 것이다.
부서지기만 하는 뼈도
메마른 어둠으로 가득 찬
항구를 뚫고 달리는
오, 바다
지줄대는 바다.

파도를 불러일으키는
신神의 찬란한 허릿짓
알몸끼리 출렁이는
바다여.

죽피竹皮 처방

대나무 껍질이
약탕관에 들어가서 펄펄 끓게 되면
신경이 안정되어
세상이 건강을 회복하게 된다.

세상이 아무리 어둡다 해도
세상이 아무리 널뛰듯 해도
놀라거나 실망하지 말라.

약탕에 죽피가 들어가면
오르던 열도 내려가고
답답한 가슴도 진정되나니
빈 마음으로 푸른 소리를 들으라.

죽피竹皮 지실枳實 반하半夏
복령茯苓 진피陳皮 황련黃連

나라의 열을 내리고
사회의 담을 없애며
답답한 감정을 제거하느니라.

신문을 보다가 방송을 듣다가
놀라거나 잠을 못 자고
먹은 것을 토해내야 하는 부정축재,
구토를 멎게 해야 하느니라.

제 4 부

보리누름에

향수 鄕愁

고추잠자리가 몰려오네.
하늘에 빨간 수繡를 놓으며
한데 어울려 날아오네.

어느 고향에서 보내오기에
저리도 빨갛게
상기되어 오는가.

저렇게 찾아왔던
그해는,
참으로 건강한 여름이었지.

그대 꽃불 같은
우리들의 강냉이 밭에는
별들이 반짝이고 있었지.

잔모래로 이를 닦으시던 할아버지의
상투 끝에 맴돌던 잠자리같이
강냉이 이빨을 흉내 내며

단물을 빨던 나의 눈앞에
떼지어오는 고추잠자리는
누가 보낸 전령인가.

어디서 오는 전령이기에
노스탤지어의 손을 흔들며
저리도 붉게
가슴 이리저리 맴돌며 오는가.

가을 등산

단풍은 투피스,
때가 되면 가식을 벗어 던진다.

절반은 벗은 채
절반은 걸친 채
얼근한 하늘을 환장하게 좋아하는
골짜기의 물소리를 안주 삼아
우리 한잔 하는 게 어때.

인생길이 가파르면
쉬엄쉬엄 쉬어서 가고
일락서산日落西山 해 떨어지면
병풍 같은 산허리에 천막을 치고,
삼겹살이라도 볶아 놓고 둘러앉아서
우리 한잔 하는 게 어때.

세상살이가 어지러우면
청류淸流에 발을 담그기도 하고,
구름처럼 초연히 털고 일어나
반라半裸의 수림樹林 사이사이로
바람같이 속편하게 정좌수鄭座首랑 불러놓고
우리 한잔 하는 게 어때.

하루살이

우리 꼭 하루만 살아요.
단둘이서 산에 올라
남부럽잖게 하루만 살아요.
일상에는 만날 수 없는 그대
젊은 하늘을 푸르게만 봐요.

천년을 하루같이 살아요.
하루를 천년같이 살아요.
영원히 사는 마음으로
하루를 구비구비 펴며 살아요.

골짜기가 산에서 존재하듯
내 속에 살아있는 그대여
우리 하루를 천년같이 살아요.

산허리에 하루살이 솥을 걸고
불때 솔때 불때 솔때
소꿉놀이하며 천년을 살아요.

꽃꽂이 여인

그녀는 장미 입술로 웃는다.
햇살을 사모하는 웃음꽃으로
루즈의 동그라미를 그리며
하늘을 온통 봉오리 채 웃는다.

속눈썹 곱게 펼쳐 올리고
신비의 눈 그윽히 올려보면서
햇살 거슬러 웃음 쏘아 올린다.

나는 그녀의 웃음을 훔쳐낸다.
세상에 없는 웃음이기 때문에
나는 웃음꽃을 가슴에 심는다.

숲속의 새처럼 경쾌한 율동으로
꽃을 고르는 눈동자와
밑줄기를 자르는 그녀의 손,
세련된 움직임 하나하나에
꽃의 미소를 닮고 있다.

그녀가 화병에 꽃을 꽂을 때
나는 그녀를 가슴에 꽂는다.
신神의 손가락 하나하나에
세상은 꽃밭으로 어우러진다.

하나의 꽃 곁에
또 하나의 꽃을,
꽃과 꽃을 정답게 꽂으면
꽃다운 꽃 그 사이사이로
얼근한 하늘이 내려온다.
　　　－1977년 일본 남산대학에서

화가상畵家像

봄이면
봄노래에 묻혀
부지런히 초록색을 칠하다가……

여름이면
파도 소리에 묻혀
짙은 빛깔로 푸른색을 칠하다가……

녹음綠陰 짙은 나뭇잎 사이
바다를 궁리하는 화폭 위에
시나브로 낙엽이 지던 날

고목古木의 나이만큼
화가는
주홍색을 풀어놓고
저무는 뒤안길에서
흩어지는 낙엽을 칠하다가……

앙상한 나뭇가지에
눈 내리는 황야荒野가 열리어

화폭에 반사되는 백발白髮을
낡은 간판에 채색彩色하듯
풍경을 온통 흰색으로 칠하다가……

고향으로 돌아온 화가는
텅 빈 팔레트와
허허로운 화판을 바라보다가
원색原色의 낙서落書를 반복하다가
이제는 아무것도 그릴 것이 없어
실제失題의 화폭畵幅 앞에
붓을 놓는다.

물레

목화木花 다방에
한 틀의 물레가 놓여 있었다.

수십 년 만에 햇볕을 받는
할머니의 뼈다귀처럼
물레는 앙상하게 낡아 있었다.

도시의 시가 타살되던 날 밤
다방으로 피신해 온 나는
물레소리에 미쳐들고 있었다.

할머니의 진언眞言처럼
사른사른 살아나는 물레소리가
너무너무 좋아서
나는 눈물을 감추지 못했다.

청죽靑竹 같은 자식을
전장戰場에 보내놓고
사방팔방 치성을 드리던
할머니의 물레소리가

내 가슴 다르륵 물어 감고 있었다.

보기도 아까운 그 얼굴,
한줌의 재 되어 온 자식을 끌어안다가
까무러치던 할머니의 목쉰 소리 다르륵,
숨이 막혀 울지도 못하고
낮은음자리 돌아 감기는
한恨의 물레소리
가락에 시름을 감으며
지렁이 울음을 게워내고 있었다.

달 지는 밤이면
버언한 창호지 마주 앉아
남편 생각 자식 생각에
손을 멈추다가도
꺼지는 한숨, 달달달달 다르륵,
시름을 감아 돌리고 있었다.

선풍禪風 —2

안개로 허리 두른 산허리
교교한 암자에서
스님과 나는 바둑을 둔다.

해탈解脫한 스님은 백白을 거느리고
범속凡俗한 나는 흑黑을 거느리고……

스님의 장삼長衫은 구름으로 떠 있고
나의 흑발黑髮은 번뇌煩惱로 얽혀 있다.

"패覇를 받으시렵니까?"
"나무아미타불……"

"받지 않으시렵니까?"
"관세음보살……"

고진古眞한 백은 고진해서 좋고
천진天眞한 흑은 천진해서 좋고

장생長生의 노송에 걸려 흐르는
이백李白의 하늘은 대류무성大流無聲……

법열法悅의 구름은 발아래 떠 있고
변상變相의 바둑은 구름으로 떠 있다.

선풍禪風 ─3

산그늘 내리는 원두막에서
할머니와 나는 염불을 한다.

내가 선창을 하면
할머니는 복창을 하고……

할머니가 되물으면
나는 또 되풀이하고……

총기 밝은 할머니와
눈이 밝은 손자의

인과因果와
응보應報와

끝없는 문답의 윤회는
색즉시공色卽是空……

무주공산無主空山에 달이 밝아
공즉시색空卽是色……

………
………

보리누름에 -1

보리누름에
자연을 재단하는 이는 누구인가.
초록의 원피스를 꾸며내는
베일 저쪽 나뭇가지의 손
신비의 디자이너는 누구인가.

보리누름에
풋풋한 논두렁길 따라가면
나를 부르는 노고지리 소리
가슴 스멀스멀 지줄지줄 잴잴
소리의 주인은 누구인가.

보리누름에
기쁨이 일렁이는 유방마다
청춘의 물 오르게 하고
풋보리 종아리 살찌게 하는
눈짓의 연인은 누구인가.

보리누름에 ―2

보리누름에
보리밭 이랑을 가면,

구름 속 가물가물
볼 붉은 소녀가 보인다.

소녀는,
눈물이 헤픈
유랑극단의 바람.

그녀의
검정 치마폭
검게 그을린 보리를 비비면

아스라한 기억을 비비면,
시원한 그 눈 속에
내가 보인다.

보리누름에 -3

보리누름이면
내 가슴에
청보리 바람이 인다.

청춘을 어깨 짜고
풋풋하게 살쪄 가는 소녀들.

머리카락 흩날리며
매스게임을 하는
아아, 저 무질서한 질서들.

머리카락과 머리카락과
팔다리와 팔다리와
가는 허리와 가는 허리와
푸른 물결 일렁일렁
가슴 사른사른 속삭인다.

꽃빛 사랑을 훔치려고 불어오는
푸른 바람,

보리누름이면
내 가슴에
청보리 바람이 인다.

보리누름에 －4

사발에 동치미 뜨듯
보리누름에 떠가는 흰 구름아.

구름 같은 흰머리
무등 할매,
눈물 많던 조선 쑥의 할매야.

해마다
해해마다
동치미를 무등 잘 담그시던 할매야.

쑥부쟁이 쥐어뜯으며
피울음 느껴 울던 할매야.

전장에 나간 자식
돌아온 뼛가루 받아들고
하늘 우러르다 까무러치던
무등 할매야.

청대 같은 자식 잃고
가슴앓이 쥐어뜯다가
쑥부쟁이 우거진 언덕에서
까무러치던 할매야.

바람막이 밭 언덕에 들불을 질러놓고 보리모가질 그
슬려 허기를 채우는 춘궁의 현기증, 보리누름을 떠가
는 구름아! 무등 할매 한세상 한이 많은 뜬구름아!

사중주四重奏

참새들이 훈민정음으로 지저귀고
제비들은 알파벳으로 지줄댄다.

물새들은 사성四聲으로 오르내리고
앵무새는 히라가나를 흉내 낸다.

훈민정음과 알파벳과
사성과 히라가나,

지저귀고 지줄대고
오르내리고 흉내 내는

참새들과 제비들과
물새들과 앵무새

그들의 악보樂譜는 전선줄
오선五線이 있었다.

모시는 말씀

깊어진 가을의 초막草幕으로
당신을 모시고 싶습니다.

병풍이 둘려 쳐지듯
산이 둘리어 솟아있고,
소잔등 구풀대듯
울타리 용마름도 굽이굽이
호박넝쿨 박넝쿨도 기다리고 있습니다.

이 가을 당신께 드리고 싶은 것은
황금도 아니고 몰약沒藥도 아닙니다.
푸른 달빛 흠초롬히 가슴으로 받으며
수줍어 조용한 박 덩이의
가을밤을 드리고 싶습니다.

당신께서 오시는 날 밤에는
달빛이랑 별빛이랑 거느리고
박꽃과 더불어 마중을 나가겠습니다.

당신께서 오시는 날 밤에는
풀벌레 연주회도 천주적으로 베풀어
온밤을 당신께 바치겠습니다.

교정을 보면서

나는 교정을 본다.

죄인을 찾아내듯
숨은 오자를 잡아내면서
주님을 생각한다.

용서할 수 없는 부조리를
사랑해야 하는
십자가의 아픔,
하나님의 슬픔을 생각한다.

주님처럼 사랑하지 못한 나는
썩은 이를 뽑아내듯,
토라진 놈들을 뽑아낸다.

거짓으로 눈 가리며 아옹 하는 놈
비굴하게 꼬리치며 아첨하는 놈
엎어지고 넘어지고 물구나무 선 놈들을
하나하나 적발하여 뽑아낸다.

교정을 본다는 것은
신나는 일이지만
보아도보아도 끝이 없는 것은
불행한 일이다.

신나는 일과 불행한 일 사이에서
어중간히 교정을 봐야 하는
나의 현실 위에
이상의 나비가 침몰한다.

교정을 보면 볼수록
통쾌하면서도
시원치 않는
내 가슴의 활자
명조체 고딕체 눈초리가 무섭다.

나는 교정을 보면서
죽은 활자들이 녹아내리는
화덕을 생각한다.

소돔과 고모라 성의 불길 속에
아우성을 치는 무리들,
비뚤어진 부조리를 불태우며
뒤를 돌아보지 말라 외치던
하나님의 구슬땀을 생각한다.

신락神樂 ─1

나비가 제 향기에 취해서 날아갑니다.
샘물이 제 맑음에 취해서 흘러갑니다.

날아가는 것은 아름답고,
흘러가는 것은 아름답습니다.

동경하는 눈빛은 아름답고
흘러가는 눈빛은 아름답습니다.

그리워하다가 사랑하다가
속아 사는 사람은 아름답고
상처받은 이는 아름답습니다.

아무도 몰래
달빛 속 눈물 뿌리며
밤새도록 가시밭길 걸어 나와
서리 맞은 홍시紅柿처럼
눈물 속의 햇살은 곱습니다.

서리 까마귀 산허리로 돌아가고
인생이 맞들 때
목숨 끝 가지마다 열린 까치밥
서리 맞은 열매는 곱습니다.

오오, 저 투명한 하늘에
매어달린 나[我]여!
한 모금의 은혜를 기다리며
하늘만 바라보고 사는
잎사귀 끄트머리에
흐르는 일월日月……

산새가 제 소리에 취해서 날아갑니다.
구름이 제 멋에 취해서 흘러갑니다.

신락神樂 -2

하늘에는 눈이 있어요.
맑은 눈이 있어요.
세상에서 볼 수 없는 눈이 있어요.

세상에서 눈 멀면
하늘을 봐요.
말갛게 개인 눈, 하늘을 봐요.

세상에서 피 흘리며 아파 울다가
나도 모르게 올려보는 하늘
거기엔 당신의 눈이 있어요.
언제 보아도 싫지 않는 눈이 보여요.

맑은 눈을 가진 이들만 모여서 사는 나라
하늘나라엔
찌르는 가시가 없다지요.
쩔림도 아픔도 없다지요.

하늘을 보면 가슴엔
눈이 녹아요.

하늘을 보면 심장엔
얼음이 풀려요.

티끌 하나 없는
빈 가슴에
구름이 떠돌 듯

속 삭는 동치미 항아리에
당신이 오셔요.
비둘기 나래 끝에 떨어지는
햇볕살 웃음 안고 당신이 오셔요.

수심愁心이 많아서 올려보는 하늘
청청 하늘에
떠도는 구름 한 점
먼빛으로 살아요.

너 어디 있느냐

너 어디 있느냐
네, 저 청보리밭에 있어요.
삼동三冬을 견디는 청보리 뿌리로
끈질기게 살아있어요
당신의 나라로 눈을 뜨고 있어요.

얼어붙은 땅속에서 눈을 뜨고 있어요.
입춘대길立春大吉을 노래하며 햇빛 받고 있어요.
눈더미를 뚫고 솟아오르고 있어요.
푸른 싹 쏘옥쏘옥 눈을 트고 있어요.

바람은 언덕 너머 재워두고요
웃음꽃 피우려고 뿌리 뻗고 있어요.
청보리 물결 일렁일렁 밀려오는
그 찬란한 매스게임을 위해
찰진 흙속에 뿌리 뻗고 있어요.

너 어디 있느냐
네, 저 계해년 돼지우리에 썩고 있어요.
청보리밭 거름이 되고 싶어서

짓밟히며 시달리며 썩고 있어요.

속 썩는 인생은 아름답기에
불평 없이 감사하며 썩고 있어요
숨죽은 강산을 일깨우기 위해서
종처럼 희생하며 사랑하고 있어요.

시궁창 토란土卵 잎이 아름답게 피듯이
토란잎에 물방울이 영롱하게 빛나듯이,
청보리 짙푸른 들녘을 위해
인류의 열병 분열식을 위해
온유하고 겸손하게 기다리고 있어요.

너 어디 있느냐
네, 저 당신 곁에 있어요
당신께서 끌어올린 물고기의
그 비늘 끝에 있어요
번쩍이는 비늘의 찬란한 햇살 같은
당신의 눈웃음 속에 살아있어요.

노아의 방주 안에 살아있어요
아브라함의 땀방울 속에 살아있어요

모세의 지팡이에 살아있어요
예수의 십자가에 살아있어요.

참깨밭에 내리는 햇살의 미소 같은
당신의 기쁨을 마음에 모셔두고
청보리밭 이랑에 거름 뿌리고 있어요.

사랑의 윤선輪線에 불꽃이 오가듯
잘 주고 잘 받은 돼지우리와 청보리밭,
목자牧者와 양의 무리, 그 안에 있어요.

팔싸리

내 인생은
민화투놀음의 팔싸리.

아무리 기다려도 기다려도
좀처럼 오지 않는 행운.

바닥에서 알짝이 일어날 때까지
싸리 껍질만 불끈 쥐고 살아온 시업詩業.

아내가 움켜쥐고 싶어 하는
돈이나 권세
송동월松桐月 광도 떨어버리고
흑싸리 껍질만 홍싸리 껍질만
그저 빈 껍질만 불끈 쥐고 살아온 가난 속에
청빈의 물소리 쪼르륵 들리나니,

가난해야 넉넉한
내 시의 산술법算術法……

마음을 열면
뜰의 달빛……

보자기로 구름 잡는
내 인생은
무능無能한 無無明亦無無明盡無老死 팔싸리……

고집으로 걸어온 내 시도詩道는
화투놀음에서 그야말로
끝내주는 팔싸리.

기원棋院에서 －2

바둑이 무엇입니까?
인생이다.

인생이란 무엇입니까?
정석定石이다.

정석이란 무엇입니까?
정도正道다.

정도란 무엇입니까?
아생연후살타我生然後殺他니라.

축逐으로 몰릴 때는 어찌해야 합니까?
단념하라.

생각을 어찌 끊습니까?
살려거든 단념하라.

다음 수는 무엇입니까?
먼 곳을 개척하라.

더 둘 곳이 없으면 어찌해야 합니까?
계산을 해야 하느니라.

백白과 흑黑의 계산입니까?
인생의 산술법이다.

인생이란 무엇입니까?
있다가도 없어지는 바둑판이다.

바둑판은
하늘과도 같은 것
뜬구름 모였다 흩어지는 하늘이다.

하늘은
흑黑을 다스리는
빈 마음……

먹구름 몰려들어
눈 가리는 흑심黑心을 버려야 하느니라.

제 5 부

노을같이 바람같이

시어詩語의 죽음

나는 나를 제사지낸다.

시어詩語가 죽던 날 밤부터
나는 나를 제사지낸다.

죽은
내 시를 제사지내는
내 말의 무덤 앞에서
나는 잔을 기울인다.

살아나지 못한 내 말의 무덤
아무도 살려낼 수 없는 말의 무덤 앞에
나의 죽음을 제사지낸다.

말이 소용없는
말의 죽음
구겨진 원고지가 바람에 굴러간다.

내가 나에게 술을 붓는다.
마셔도 마셔도
우는 보람이 없는
이 낙엽 같은 시신屍身에 술을 붓는다.

가야산에서

말하지 말라.

세속의 쓰레기를 버리지 말라.
도시의 문명을 지껄이지 말라.

돌을 다듬으며
부드러운 물의 손길로 돌을 다듬으며
천년을 흐르는 물소리
가슴으로 들으며
구름 속 웃음 짓는 반월半月같이
눈으로만 말하라.

밤새도록 흐르는 물은 음악가였다.
바위틈에 푸른 소리로 연주하는
자연은 위대한 악성樂聖,
풀잎으로, 바람으로, 별떨기로
오오, 은하수로 악보를 그리며
화음和音으로 말하는 음악가였다.

말하지 말라.

은유를 눈치 채지 못한 말의 쓰레기는
꺼내지도 말라.

여름, 해맑은 가슴 풀어 흐르는
저 물소리
밤새도록 번뇌를 씻어 내리는
저 물소리
오오, 내 말의 부끄러움,
허튼소리의 부끄러움이여!

손조차 담글 수 없는
그대 맑고 찬 말씀,
눈이 시려 볼 수 없는 눈이여!

산거山居한 나를 사로잡아가는
그대 휘감아 구비 도는 사랑,
사랑에 녹아내리는 물이 되리.

한 방울의 물이 되어
말이 소용없는 나라로 떠내려가리.

물소리 연주하는 악성樂聖과 더불어
떠내려가리.

쉼표와 마침표

모두들
종점終點 가는 길에
차를 내려
벤치에 앉아서 쉬어 간다.

나도
벤치에 앉아
계절이 지나가는 나뭇잎 사이로
열린 조각하늘을 보며
추억 하나 만지작거린다.

내가 만지작거리는
추억의 껍질은
속을 비우라고 말한다.

뜬구름 떠돌다 사라지듯이
잠시 머물다 가는
인생은 나그네라고 말한다.

벤치에서
여름에 만난 사람은
가을에 보내야 한다고……

꽃이 필 때 만나면
잎이 질 땐 보내야 한다고……

보내면서 보내면서
나는 다듬어진 조약돌 하나 주었고,
떠나면서 떠나면서
그녀는 조개껍질에 빈 바람을 남겼다.

나는
빈 바람 남기고 가는 그녀에게
꽉 찬 돌 하나 주었다.

그러나,
나의 돌은 채워주지 못한 채
가슴에 금이 갔다.

깊은 밤
초침 뛰는 소리에도
가랑잎에 금이 갔다.

금 간
가슴에 내리는 가랑잎 소리는
봄 여름 가을……

벤치에 앉아 쉼표를 찍다가
마침표를 찍으러
종점終點으로 떠난다.

길을 가다가

길을 가다가, 왈칵
당신 손을 잡으면
내 손 안에
느껴지는 체온.

징그러운 임진강보다도
더 아픈 내 손바닥 속에서
파들거리는 당신의 손은,

오직 사랑을 위해
자명고를 찢은 당신의 손은
내 하나밖에 없는
갑匣 속의 진주眞珠.

세상이 아무리 추워도
내 손 안의
진주를 붙들고 있으면
아무 걱정이 없고……

176

세상이 아무리 어두워도
내 손 안의
당신 손을 붙들고 있으면
다시 피어나는 꽃.

그 입시울 웃음꽃 속에
불붙어 사는
한 마리의 새,

가슴속 어딘 듯 양지쪽에
온종일 지저귀며 사는
한 마리의 뜨거운 새.

노을 2

노을은 연서戀書다.

산불로 오시는 임에게
송두리째 바쳐드리는
수박 속 발그레한 귓속말이다.

그 빛깔
홀로 보기 아까워
은밀한 항아리에 은근히 재워둔
꽃자주 빛깔의
잘 익은 포도주다.

눈웃음 해실해실
한 모금의 희열로 시근거리는
순연純然한 귓속말.

둘이 마시다 하나 잠들어도 모를
입술 속 연연戀戀한 불기운이다.

노을같이 바람같이

이제는 정말 마음 두지 않으리.

뿌리 같은 거
꽃나무 뿌리 같은 거
깊이깊이 내려뻗는 연민 같은 거

연민 같은 거
보내놓고 돌아서다 되돌아보는
눈빛 같은 거, 사랑 같은 거
푸른 산 줄기줄기 칡뿌리 같은 거

흔들리는 차창 저만치
비껴가는 노을같이
모이파리 사른사른
스치고 가는 바람같이.

골짜기에 잠겼다가
풀려나가는 안개같이
이제는 정말 마음 두지 않으리.

노을같이 바람같이
막대로 뜬구름 가리키는 스님같이
이제는 정말 마음 두지 않으리.

아름다운 것 - 2

아름다운 것은 웃음꽃이다.
삼동 가시나무 웃음꽃이다.

아픔을 참는 가시나무의 슬픔
상처에서 피워 올린 웃음꽃이다.

기다리며 기다리며
평생을 하루같이 기다리며
침묵을 드러내는 웃음꽃이다.

찔린 상처가 아물지 않아도
기다리며 기다리며
생각하는 삼동 가시나무로 서서
먼 하늘 우러르는 눈빛이다.

아름다운 것은
천년을 하루같이 기다리며
하루를 천년같이 기다리며
속울음 삼키는 사람,
그 얼굴에 내리는 햇살이다.

아름다운 것은
속 아픈 눈물을 안에서 걸러내어
웃음꽃 피어내는 얼굴
그 얼굴의 햇살이다.

고목枯木 뚫린 가슴을 틀어막듯
틀어막으며 틀어막으며
상처를 틀어막으며,
미소를 머금은 노을이다.

아름다운 것은
삼동 가시나무꽃,
상처를 틀어막고 기다리며
노을빛 살려내는 웃음꽃이다.

가수 밀바

풍만한 성량聲量으로
연서戀書를 날리는
그대, 광란의 불꽃이여!

청춘의 등걸불을 환장하게 일으키며
달빛에 우짖는
금발金髮의 야성野性
물무늬 아른아른
개울물 건너오는 목소리에
흐느끼는 바이올린이여!

계절이 흐르는 꿈의 개울에
머리카락 풀어헤치고
꽃빛 노을을 불러들이는
정열의 불꽃이여!

그대 입술의 동그라미 속
이빨이 쳐들릴 때
강변로 휘어 도는 가로등 불빛,
아아, 그 반짝이는 은어 떼

불 머금어 흐늘거리는 강물이여!

아픔의 공지, 환희의 혓바닥,
율동의 허리 흐늘흐늘
환장하게 타오르는
눈물 속 애욕의 불꽃이여!

내 가슴속에는 －2

내 가슴속에는
장미꽃이 차지했네.

뜰에는
장미 붉은 불.

꿈속을 나는
나비
그대 눈 속을 떠가네.

내 가슴속에는
저녁놀이 차지했네.

꽃잎 타는 언덕엔
윙윙대는 벌떼들.

얼근한 구름들
그대 눈 속을 떠가네.

달

가시내야, 가시내야, 시골 가시내야. 루즈의 동그라미로 빌딩을 오르는 가시내야. 날 짝사랑했다는 가시내야. 달뜨는 밤이면 남몰래 고개 하나 넘어와서는 불켜진 죽창문 건너보며 한숨 쉬던 가시내야. 날 어쩌라고 요염한 입술로 살아와서는 도시의 석벽을 올라와 보느냐.

가시내야, 가시내야, 시골 가시내야. 저만치 혼자서 창연한 눈빛으로 승천하는 가시내야. 너의 깊은 속 샘물줄기 돌돌거리는 잠샛별 회포 쌓인 이야기를 일찌감치 들려주지 못하고, 어찌하여 멀리 떠서 눈짓만 하느냐. 어느 이승 골짜기에 우연히 마주칠 때 날라온 찻잔에 넌지시 떨구고 간 사연 갖고 날 어쩌란 말이냐.

가시내야, 가시내야, 시골 가시내야. 저 달을 물동이에 이고 와서는 정화수 남실남실 달빛 가득 뒤란의 장독대 바람소리 축수축수 치성을 드리던 어미 죽은 줄도 모르고, 루즈의 동그라미만 붉게붉게 불이 붙는 가시내야. 날 어쩌라고 저만치 창연한 눈빛, 볼그레한 연지 볼로 웃기만 하느냐.

화론畫論

내가 좋아하는 그림은
붓 한번 쓰윽 그신
하늘 한 자락.

보면 볼수록
어쩐지 넓어지고
속이 시원한
공간,

빈 마음에
푸른 바람이 한 차례
스치는 순간,

고였다가 흐르는
영원……

눈잎

눈잎이 나를 흔드네.
이러지 말고
정말 이러지를 말고
시골로 내려가라고
나를 흔들어대네.

이러지 말고
정말 이러지를 말고
청국장 끓는 고향으로
내려가라네.

장독대와 초가지붕과
배추밭 고랑 위로
수만리 꿈을 물어온
눈잎이 나를 흔들어 깨우네.

수돗물 받던 날 밤

수돗물 받던 날 밤
꿈에
뜸부기가 울데.

자운영紫雲英 우린 물 남실남실
가슴에 드는
하늘.

물 물고 구름 보고
모포기 물어뜯으며
뜸부기 울데.

비비새 一1

정이월 다 가고 삼월이 오면
우리 집 대숲에선 비비새가 울었지.

내가 항상 그리워하는
마음의 고향에는

비비비비 비비비비
非非非非 非非非非

훈민정음訓民正音으로 울뿐만 아니라
이두吏頭로도 울었지.

요즈음 유행가에서처럼
아니야 아니야 아니야라든가
거짓말이야 거짓말이야라고
저질로 악쓰는 소리가 아니라

죄를 모르는 죽순밭에서
청명한 이슬을 퉁기며
非非非非 하늘 보는

순수와 참여의 소리로 울었지.

순수하면서도
참여의식이 강한
비비새 소리는
내 하나밖에 없는
언로言路의 숨구멍이었지.

산에서는

산에서는
세속의 잡담을 지껄이지 말라.

맑은 공기와 맑은 물
웃음 짓는 햇빛을 보아라.

나뭇잎 풀잎은 손짓을 하고
꽃들이 반기거늘
먼지와 기름때를 왜 게워내느냐.

침묵하는 산이
입이 없는 줄 아느냐.

바위처럼 묵언黙言으로 말하고
흙처럼 지평으로 참으며
청명한 하늘에 구름이 떠돌 듯

말 없는 가운데
산 높고 골 깊은 말,
우리도 그 말 없는 말로
변화무쌍해야 하느니라.

바다 운동회

잔잔할 때는
푸른 유니폼, 하얀 유니폼을 입은
여고생들의 체조시간
부드러운 파도타기 매스게임이 한창이다.

풍랑이 일 때는
백마 떼들의 경마장
우렁찬 함성과 함께
소금 먼지를 일으키면서
물비늘 찬란히 무섭게 질주한다.

도마뱀 떼들 지그재그로
끝없는 되풀이로 살아나는 바다는
죽었다 깨어나는 성애의 시원始原
방파제를 물어뜯으며
대자연의 도서圖書들을 집어 삼킨다.

바다는 광의廣義의 도서관
산적한 채석강의 책무더기들
죽고 살고 읽겠다고

온몸 부딪쳐 통독通讀하는가
신神의 창조를 몸짓하는
청소년들의 운동회가 한창이다.

조시 弔詩
- 단기 4344년에

죽어 썩어가는 고래들
지독한 냄새를 풍기는 고래들이
볼썽사납게 떠내려가는데 어찌합니까.

염불에는 관심이 없고
잿밥에만 눈이 벌건 고래들이
끼리끼리 나눠먹다가
썩은 물에 떠내려가는데 어찌합니까.

북한인권법은 서랍에서 잠들고
나눠먹기식 정치자금법은
쌍수를 들어 대환영인데다가

끔찍한 인권유린에도
눈감다가 눈이 먼 채
한푼도 내지 않고 연금 타먹는
국민 세금 쌀벌레, 좀벌레……

쥐약 먹고 죽어간 생쥐들
금배지에 눌려 죽은 말종 고래들이
하류로 떠내려가는데 이를 어찌합니까.

입춘立春

아름드리 타오르는 나뭇가지에
눈잎이 내리네.

엄동嚴冬을 타작하는 장작난로는
사춘思春의 꿈에 부풀고,

개구리 잠 속
보리밭은
자운영을 깨우네.

과즙이 풍부한
귓속말에도
자상스런 꽃바람 일어
기지개 켜는 수풀
눈 터는 소리

아름드리 타오르는 숲속에선
족두리풀 일어나네.

동전 두 닢의 슬픔

비가 오고 있었다.

하늘에도
땅에도
내 가슴에도.

공중전화 상자 속에서
동전을 넣고
다이얼을 돌렸다.

꽃다발 같은 기대를 한아름 안고
전신줄을 타고 달려간
동전 두 닢이
벽에 부딪쳐 쓰러졌다.

보일 듯이 보이지 않는
안개 저쪽은 통화중이었다.

수화기를 놓자
두 개의 동전이 굴러 떨어졌다.

나는 새로운 삶을 찾아
수화기를 들었다.
척박한 동전을 일으켜 올리고
결사적으로 다이얼을 돌렸다.

그러나, 그러나,
두드려도 두드려도 열리지 않는
견고한 궁성 저쪽은
통화중이었다.

수화기를 내려놓자
나의 동전이 또 굴러 떨어졌다.

그러나, 그러나,
사랑하는 나의 가난이
언제까지나
공중전화 상자에 머물 수는 없다.

코트 주머니에 손을 찌르고
전진을 계속하다가도
틈틈이 다이얼을 돌렸다.

그러나,
하코다산[八甲田山]에서 얼어 죽은
나의 동전이여!

다방에서도, 건널목에서도
정유소에서도, 지하도에서도
우체국에서도, 서점에서도
나의 동전 두 닢은 밀려났다.

떨어진 동전을 움켜쥐고
바라보는 창으로
비가 오고 있었다.

하늘에도
땅에도
내 가슴에도.

진주의 잠

잔잔한 의식의 내만內灣에 내리는
빗소리 걸어두고
꿈꾸는 진주의 혼곤한 잠 끝에
피라미 한 마리 S자를 그린다.

건반鍵盤은 촉촉이
밀어密語의 손을 잡아끌고
머리맡 수풀 속엔
새록새록 내리는 기억의 나래들
벌 나비 위로 안개꽃 내린다.

선녀의 두레박으로
꿈을 길어 올리는
나의 진주는
속눈썹 가늘게 빗소리 듣는다.

조개 속 아늑한 꿈의 나라
내밀한 은어隱語에 벙그는 미소
밀 익는 온도로 도란거리는
새들도 내려와 꿈을 엮는다.

제 6 부

사막을 거쳐 왔더니

봄의 메시지

정신결핍증을 앓는 이는 오세요.
몰인정의 아픔을 참는 이는 오세요.

진실이 사랑 받는 꽃시장에서는
버들강아지의 봄이 한창이랍니다.

머리 내두르던 이는 겸허하게 오세요.
핏대를 세우던 이는 온유하게 오세요.

문명에 찌든 속사람을 데리고
도시의 숨구멍으로 나들이를 오세요.

봄 햇살 가득한 웃음꽃을 보세요.
맹물에도 잘 사는 생명들을 보세요.

세상을 모른 채 기쁘게만 사는
봄 사상의 털북숭이를 바라보세요.

윤동주 시인 무덤의 풀잎

1991년 7월 장마철, 백두산 가는 길에 용정에 내려 윤동주 시인의 무덤을 찾기로 하였습니다. 여름장마 철에 조선족 동포가 운전하는 지프에 올랐습니다. 윤 동주 시인의 무덤을 안다던 운전기사가 공동묘지에 있다는 것밖에 모른다고 했습니다. 지프는 마치 뱀장 어처럼 이리저리 지그재그로 꿈틀거리다가 공동묘지 까지 가지도 못했습니다.

빗물이 흥건한 경사언덕 진흙이 찰거머리처럼 구두 에 달라붙어서 공동묘지로 향하는 콩밭 사잇길은 팔 열지옥을 방불케 했습니다. 진흙에 붙들린 구두는 천 근만근 여간 힘겨운 게 아니었습니다. 콩밭 참외밭 사잇길을 지나고 진흙의 늪을 지나 드디어 공동묘지 에 이르렀습니다.

아아, 그런데, 팥죽 끓듯 솟아있는 그 많은 무덤들 속에서 윤동주 시인의 무덤을 찾기란 사막에서 바늘 을 찾기처럼 그렇게 난감할 수가 없었습니다. 그러나 팔열지옥 팔한지옥을 거쳐 온 내가 이대로 돌아갈 수 없다는 생각에 무덤을 찾아 이름이 새겨진 푯말을 살펴보며 헤매 다녔습니다. 내가 모처럼 여기까지 찾아왔는데, 윤동주 시인이 나를 그냥 보내지는 않을 것이라는 신념에 그에게 바치려고 들꽃을 꺾으면서 어둑어둑 어둠이 깔리는 공동묘지를 헤매었습니다.

천지신명께서 굽어 살피셨던지, 꿈결처럼 그 어둡고 무서운 공동묘지에서 윤동주 시인의 무덤을 발견했을 때는 밤 8시 12분이었습니다. 쏟아지는 눈물을 어찌지 못하면서 풀꽃을 무덤 앞에 바치고 큰절을 하였습니다. 절을 하다가 문득 떠오르는 생각은 「별 헤는 밤」 마지막 구절이었습니다. "내 이름자 묻힌 언덕 위에도 자랑처럼 풀이 무성할 게외다."를 되뇌며 머리를 들고 보니 무덤에는 정말 무성한 풀이 보였습니다.

그 풀잎을 잘라가지고 돌아와 재어보니 30cm나 되었습니다. 기념으로 가져왔던 그 풀잎은 세월이 흘러서 간 곳이 없지만, 내 가슴속에는 언제나 그 풀잎이 살아서 숨을 쉬고 있습니다. 어릴 때 어머니가 새벽마다 물동이에 그 맑은 물을 길으시던 향나무 샘은 사라졌어도 도시에 사는 우리들은 그 향나무 샘을 마음속에 간직하며 살듯이, 윤동주 시인 무덤의 풀잎을 간직하며 살아갑니다.

연가戀歌

세상이 추워질수록
생각나는 당신,
가슴 속 열두대문을 지나
안채 깊은 방구들목에
불을 지펴드리겠습니다.

불은
당신의 말씀, 입술의 기운으로
은근히 덮혀지는 따뜻한 나라.
온돌방 아랫목
비단 금침 깊이깊이
밀어密語 한 꾸리 감아두겠습니다.

베개는 꽃씨로 채워서
밤마다 꿈자리는 꽃그늘에 만나고
달빛은 밤새도록
오동잎에 걸어두겠습니다.

콩나물 가족

봄이 오기 전
매화꽃이 피기 전
꽃샘바람이 시베리아 바람을 흉내 내느라
지평선상, 휭하니 열린 들녘을
휩쓸고 지나가거나 말거나
가족은 초가삼간 오순도순 콩나물을 길렀다.

할머니도 어머니도 누이들도
잠에서 깨어나면 표주박으로
옹배기에 고인 물을 떠서는
콩나물시루 위에 쪼르륵쪼르륵 부었다.

어머니가 새벽마다 길어오시던
향나무 생 울타리 가의 샘물을 퍼붓고 나면
물방울은 휘몰이로 뚝뚝뚝 떨어지다가
잦은모리로 뚜둑 뚜둑 떨어지다가
중중모리로 뚜욱 뚝, 뚜욱 뚝—
중모리로 뚜욱 뚜욱 뚜욱—
진양조로 뚜우욱 뚜우욱—
기다림이 그리움이 되어 물의 종교로 자랐다.

초가집이나 기와집 밖에서는
몸서리치게 꽃샘바람이 불어도
장작불 지나간 구들의 윗목에서는
콩나물들이 깨소금 같은 이야기를 만들어내었다.

물레야 물레야

물레야 물레야 비잉 빙빙 돌아라
시름을 물어 감고 빙빙빙 돌아라
낮은음자리 땅속으로 낮게 울면서
죽어지내다 게워내는 울음으로 울어라.

달달달달 다르륵—
달달달달 다르륵—

아들은 남양군도로 끌려가고
딸은 정신대로 끌려가고
끊긴 소식 기다리며 기다리며
워쨌던지 몸성히 돌아오라고.

달달달달 다르륵—
달달달달 다르륵—

능장코 빠뜨리며 울음 울던 할머니가
시름을 돌려 감으며 물레를 잣는다.

물레야 물레야 시름 감고 돌아라.
시름시름 앓던 물레야 한도 게워 내거라.

달달달달 다르륵,
달달달달 다르륵,

돌아온 뼛가루 강물에 헤쳐 뿌리고
돌아오다 까무러친 언덕바지에서
떼풀을 쥐어뜯으며 울음 울던 할매야
그 울음 달달달달 다르륵 울어라.

시천주侍天主

할머니는
소련제 탱크가 왔을 때에도
미군 폭격기가 왔을 때에도
입버릇처럼 주문을 외우셨다.

시천주 조화정 영세불망 만사지
侍天主 造化定 永世不忘 萬事知

할머니는
할아버지를 잃었을 때에도
아버지를 잃었을 때에도
입버릇처럼 주문을 외우셨다.

신사영기 아심정 무궁조화 금일지
神師靈氣 我心定 無窮造化 今日至

할아버지는 동학민병이었다.
한밤중, 산발한 머리카락과
황토 흙 피투성이로 돌아오면
할머니는 시천주만을 외우면서

피 묻은 역사를 빨래하셨다.

할아버지와 할머니가 살던
아버지 고향은 동학의 발상지였다.
전라북도 정읍군 신태인읍 신용리 444번지
창원 황씨 집성촌이었다.

할머니는 익산의 황등댁
자식을 나는 족족 날렸다.
왜 자식을 데려가시느냐고
천지신명께 소지 날리며 문자
고향을 등져야 자식을 살린다는
해괴한 점괘가 나왔다고 했다.

타향살이는 가시밭길이었다.
낯설은 타향살이 풍상노숙은
거리마다 질경이를 번식했다.
뒷산에서 부엉이가 울면
초가에서는 문풍지가 울었다.

"별이 총총 난
여름밤……

돈 천원만 누가 준다면
눈알 두 개를 빼주겠다는
늙은 농부가 있었다"고
장영창 시인이 피를 뱉던 시절에
평야는 하늘 아래 누워있었다.

하늘 아래
호남평야가 누렇게 누워있는 까닭은
황달 든 농부들이 어지러워하기 때문이었다.

열꽃

나의 시는
상상의 단술
한 모금의 희열이다.

누룩을 썩혀온
토속의 항아리에
괴어 떠낸 밀주다.

아무도 몰래
떠 마시는
달콤한 언어의 단술,

바람 맞은 놈들이
쥐불을 지르다
헤쳐 뿌리는 불꽃이다.

여왕벌을 쫓는 숫기로
하늘 높이 치솟아 오르다가
합궁 끝에 떨어지는
찬란한 비명이다.

꽃 속에 갇힌 벌이
나래 떨며 울듯
황홀한 죽음의 절정으로
찰찰 넘치게 마셔대는
불 머금은 화덕이다.

번개바람 벼락 치는 사랑 끝에
저녁놀이 타듯,
자운영 꿀벌 잉잉거리며
소지처럼 타오르다가
사위어가는 목숨의 ㄲ트머리
정겹게 피어오르는
한 아름의 열꽃이다.

미당문답 未堂問答

옛날옛날 아득한 한옛날에
영남의 성권영 시인과
호남의 황송문 시인이
서울보통시 사당리 시절 예술인마을
서정주 선생님께 세배를 하고 있었느니라.

미당 선생님은 세계 산 이름들을 헤아리시고
성권영 시인은 사후의 묘비를 설하고
황송문 시인은 신석정 시인을 논하고

李白의 山中問答과
夕汀의 山中問答과
未堂의 몽블랑 신화로 유추하다가
설산의 신랑신부 이야기에서
초록 재 다홍 재로 폭삭 내려앉은
신부의 패러디로 전이하였느니라.

선생님, 돌아가시면 묘지에는
詩人 未堂 徐廷柱 하는 게 옳습니까?
무슨 부의 무슨 원장 서정주 하는 게 옳습니까?

그야 물론 詩人 未堂 徐廷柱 하는 게 옳지
그러시면 그냥 가만히 계시지요.

신석정 시인은 염소가 떠받는다고
어머니에게 일러바쳤었는데,
서정주 시인은 엄한정 시인 호를 念少라 짓고
염소처럼 겸손하게 웃으시었느니라.

시詩를 읊는 의자

톱으로
오동나무를 베어내었는데,
그 밑둥에서 싹이 나고 자랐다.

시인이 그 등걸에 앉았을 때
하늘엔 구름 꽃이 피고
땅엔 나뭇잎이 피어났다.

자연은 신神의 말씀,
시인이 말하기 전에
의자가 한 말은 상징과 은유였다.

하늘에는 구름이 꽃피고
땅에는 나뭇잎이 피어나고
나무의 뿌리와 줄기와 가지
종자種子가 구조를 형상화하고 있었다.

부산히 오르내리는 도관과 체관,
뿌리와 줄기의 수력발전소에서
가지와 이파리의 화력발전소에서
탄소동화작용으로 시를 읊고 있었다.

섬

가랑비 오시는 날
강단에 서면
강의실은 잔잔한 바다
푸른 숨결 찰랑거린다.

바다 풀빛 책보를 펴고
출석을 부르면
해면海面에 떠오르는
작은 섬들이
대답을 하면서 반짝이고……

총명한 눈을 가진 섬과
예쁜 이름을 가진 섬과
글씨를 곱게 쓰는 섬과
질문을 잘하는 섬……

그 윤기 자르르한 섬들이
안개를 벗어 내리며
가슴에 몰려온다.

저만치 오는 것은
안개 속의 섬
가랑비 오는 소리……

종강 시간에
책을 덮고 마주 보면
그 많은 섬들이
보이지 않는다.

안개 자욱한 해면엔
푸른 숨결만 찰랑거리고……

독도獨島 −1

신비의 베일을 벗고
안개 속을 응시하는 극동極東의 잠망경潛望鏡
이른 아침부터 수평선을 살피고 있다.

자기네 섬이라고 우기는 놈들
호시탐탐 노리는 놈들을
살피고 몰아내고 지켜오는 신,
마지막 보루를 지키는 수호신이다.

뿌리는 해저海底에 뻗고
줄기는 하늘로 생각이 많은 잠세어潛勢語
암유暗喩를 넌지시 내비치고 있다.

외로워도 외롭지 않고
고독해도 고독하지 않는
대장부 호연지기 한국형 날선비
단단한 현무암에 뿌리 뻗은 채
하늘과 바다와 함께 동고동락한다.

때로는 구름에 휩싸인 채
수풀을 헤쳐 가는 역사의 척후병
두 눈을 부릅뜬 채 침략자를 직시한다.

아득한 반만년 전
파미르고원에서 천산산맥 줄기를 따라
해 돋는 동녘으로 지국총지국총
신시神市의 때로부터 오늘날까지
굴광성식물처럼 뻗어 나왔느니라.

내가 누구인지 돌아보게 하고
어떻게 살아야 하는지 깨닫게 하는
백의 겨레의 향도자
뿌리를 찾아 지키라고 말하고 있다.

나라의 생일도 찾지 않는 백성들아
어째서 건국 60년이란 말이냐
정부수립 60년에, 건국 4342년이라고
정부도 언론도 교육도 제대로 말을 못하고
생일도 모르는 아비 없는 고아들아
네가 어디서 왔으며, 네가 어디에 있느냐?

화산이 터지던 날부터
현무암 안산암으로 뭉쳐진 정열 덩어리
이성의 암석 속에 감성이 살아있다.

한반도에서 뻗어나간 마지막 뿌리가
뿌리의 정신을 포효하고 있다.
안개 낀 수평선을 향하여
이 나라 탄생이 반만년이라고
유구한 반만년 역사를 훼손하지 말라고
들개처럼 목이 쉬도록 울부짖고 있다.

사막을 거쳐 왔더니

사막을 거쳐 왔더니
쓰레기 같은 잡념이 타버렸어요.

사막을 거쳐 왔더니
갈증 심한 욕심이 타버렸어요.

사막을 거쳐 왔더니
번뇌의 박테리아
번식하던 미움이 타버렸어요.

사막을 거쳐 왔더니
타버린 생각의 잿더미에서
살아나는 그리움……

사막을 거쳐 왔더니
그리움은 모래가 되어
바람결에 묻혔어요.

  - 1987년 8월 9일, 미국 마이애미 사하라 호텔에서

김치에게

여보게
오랜만일세그려!
정말 오랜만일세그려!

외국 말만 떠도는
타국他國을 떠돌다가
자넬 만나니 이젠 정말 살겠네그려!

말도 다르고 입맛도 다른
외국 사람들 틈에서
자넬 만나니 눈물겹게도
도봉산이 그리워지고
한강물이 그리워지네그려!

여보게
이게 뭔가, 뭐겠는가
지진처럼 깊은 데서 찡하게 울려오고
가슴이 터질 것만 같은 이게 뭐겠는가.

할아버지는 짚신을 삼으시고
할머니는 물레를 돌리시던 곳
어머니랑 누이랑 목화 따던 곳
그곳을 꿈엔들 잊겠는가.

여보게
자네는 내 고향 순수 그대롤세그려!
세상 어디를 가거나
자네 없인 못살겠네그려!

어머니가 포기포기 담그시던
자네의 그 내 나라 맛을
어디 꿈엔들 잊겠는가.
내사내사 못 잊겠네그려!
  - 1987년 8월 3일, 미국 시카고 한인교회에서

알래스카 -1

알래스카의 하늘과 산과 바다는
물음표로 가득했다.
물어도 물어도 끝이 없는
물음표와 물음표······

알래스카의 구름과 눈과 파도는
느낌표로 가득했다.
느껴도 느껴도 끝이 없는
느낌표와 느낌표······

밤이 없는 알래스카의 여름은
불타는 태양으로 가면을 벗는다.
가식의 옷을 벗고
구릿빛 등살을 드러낸다.

곰이 앞발로 물고기를 건져먹듯
시원始原을 건져먹는
내 의식意識의 어망魚網······

알래스카는

내가 잡은 물고기의 싱싱한 회다.

관념의 껍질을 벗기고

고추장을 찍을 때

일제히 몰려온 물음표 느낌표가

만선滿船으로 가득했다.

  - 1987년 7월 12일, 미국 알래스카 코디악 섬에서

이중희李重熙

영성靈性으로 통찰하는 시선은
해맑은 호수보다도 깊고
그림으로 말하는 입술의 기운은
지층地層, 암반巖盤보다도 무거우며
용광로鎔鑛爐 불길, 화산보다 뜨거우리.

불상佛像도 환희歡喜에 춤추게 하는
아, 저 신들린 붓끝!
용마루에서 너울대는 박잎처럼
자유로이 너울대는 무녀의 몸짓
화성畵聖의 화필畵筆이다, 신필神筆이다!

불상도 환희에 춤추게 하는
아, 저 신들린 붓끝!
마쓰나가 시인까지도
감동의 눈물 뿌리게 하는
부드러운 꽃과 날카로운 칼
말씀으로 불사르는 화염검火焰劍인가.

228

정밀靜謐한 선풍禪風에 바람도 자고
행운유수 일어나면 천지가 녹아나는
아, 저 심오深奧한 변상變相의 수수께끼
순간과 영원이 동거同居하는 화실畵室엔
암유暗喩의 달빛도 풀잎을 연주한다.

야외수업

복숭아꽃 흐드러지게 핀 도원桃園에서
나는 웃음꽃을 바라보고 있었다.

화들짝 웃다가
깔깔거리며 웃다가
꽃잎 물고 하늘 보는
저 귀여운 햇병아리들……

그리움 같은 눈망울에 구름이 떠돌고
구름 저 너머 꿈꾸는 미래,
가슴속에서는 뭉게구름이 일 테고……

어쩐지 어쩐지
위태로운 봉오리……

저 천진난만한 것들이
거름자리 후비는 세상에 나아가
어떻게 살 것인지 걱정이 되어

꽃잎 한번 보고 구름 한번 보고
얼굴 한번 보고 하늘 한번 보고

제발제발 이 귀여운 것들아
가난해도 좋고 못살아도 좋으니
거름자리 후비는 데 눈 팔지 말고
수단의 발톱을 키우지 말아다오.

전갈 −1

포항 바다에서 기어오른 남파간첩처럼
집게로 물고, 찌름 장치로 찌르는 데에 이골이 났다.

총신에 꽂은 대검처럼
다리 끝에는 두 쌍의 발톱이 날카롭고,
찌름장치 기부에는
맹독성을 분비하는 독선이 무서웠다.

주로 곤충을 잡아먹으며
야행성夜行性으로 나무나 돌 밑,
구멍 속에 숨어 지내다가
밤에 활동하는 양태도 오랑캐를 닮았다.

6·25 때는 물고 찌르고 말살하더니
요즈음은 맹독성 핵을 모으는 중이다.

여의도의 전갈들은
어떻게 해석해야 하나.
쇠망치에 쇠톱에 멱살잡이에 단상점거에
물고 찌르는 것밖에 모르는

인간 전갈들을 어떻게 해석해야 하나.

대한민국호가 항해하지 못하도록
사사건건 발목 잡고
물고 찌르는데 이골이 난 전갈들
황사 빛깔의 언어 독의 해독제는 없는가.

6·25 때
북치고 피리 불며 압록강을 건너온
피비린내 풍기던 중공군 무리처럼
이 강토 짓밟는 인산인해人山人海
거품의 독성은 꺼져야 하느니라.

연애는

연애는
눈 오는 밤에
화롯가에서 해야 하느니라.

아무도 찾아올 이 없는
강설降雪의 산골
눈 쌓여 교교한 밤에
단둘이 화롯가에서 밤새도록
이야기꽃을 피워야 하느니라.

눈이 내리고
눈이 쌓여서
돌아갈 수 없는 밤
이야기도 조곤조곤
밤이랑 구워 먹으며
꿈같은 이야기를 늘여야 하느니라.

이야기를 끝없이
밤새도록 늘이고 늘이고
순백의 눈길

추억의 발자국을 남기며
밤새도록 늘여가야 하느니라.

연애는
눈 오는 밤에
화롯가에서 해야 하느니라.

후지산 설녀풍雪女風

후지산 바람은 다소곳이 살랑살랑하다가도 느닷없이 의기양양하게 쌩쌩거리는 까닭은, 인간이나 산이나 물이나 불이나 삼라만상 모두가 음양요철로 되어있는 신의 기기묘묘한 건축공법의 상사성에 근거하는 그 존재근거로서, 산 같은 내가 쌩쌩거리는 산바람의 기분으로 산의 목덜미를 도굴하여 만년설을 뭉쳐들었을 때, 골짜기 같은 여인이 살랑거리는 봄바람의 말씨로 눈뭉치 절반을 떼어달라고 졸랐을 때, 아담이 이브에게 갈비뼈 하나를 뽑아주듯이 그렇게 눈뭉치 절반을 떼어주었느니라.

우리는 다소곳이 의기양양하게 살랑살랑 쌩쌩쌩쌩 걷기도 하고 뛰기도 하면서 산을 내려가다가 정신을 차리고 보니 연인처럼 손을 잡고 있었느니라. 천년만년 세월에 삭은 뼈 같은 만년설을 나누어 가진 우리는 다정하게 살랑살랑 걷다가 치열하게 쌩쌩거리며 뛰어내린 다섯 시간 인생의 길동무였으나, 5부능선에서 헤어져야 할 때 우리들의 눈은 다 녹고 남은 빈 손바닥엔 생명선과 성공선이 교차하고 있었느니라.

후지산 바람은 어디쯤 가고 있을까. 눈의 나라 지순한 바람은 만년설을 나누어 가지면서 만났고, 그 눈이 다 녹았을 때 헤어졌다. 손가락에 붙은 아이스크림을 핥듯이 가난한 시간을 야금거리며 핥던 우리는 사요나라와 안녕, 사요나라와 안녕, 봄바람같이 살랑살랑 사요나라, 산맥같이 쌩쌩쌩쌩 내달리며 안녕! 손바닥에 남아있는 미련을 사홍서원 중 두 번째 번뇌무진서원단煩惱無盡誓願斷 낫으로 생각의 풀잎들을 싹둑싹둑 자르고 헤쳐 뿌리면서 산을 내려왔느니라.

민심의 소리

세상에, 페런허고(폐일언하고) 워디 그럴 수가 있다
요? 그럴 수가 있능그라우? 민주주의라는 게 고롷게
변했뿌린 촛불로 횃불로 세상을 뒤집는다요? 요게
무슨 민주주의다요? 지들 손으로 도장 찍어 뽑은 나
라님을 가지고 그럴 수가 있다요? 물러날 때 물러나
드라도 그럴 수가 있다요? 사람 조께 몰라보고 잘못
썼다고 그 머시다냐, 죽여라! 처단하라고? 인민재판
맹키로 고롷게 법도 거치지 않고 죽여라! 처단하라
고? 그게 무슨 축제랑가? 나라님 끌어내리자는 게
무슨 촛불축제고 횃불축제여? 워떻게 고롷게 나라님
얼굴을 흉하게 맹글어 가지고 잡아끌면서 손뼉치고
노래하며 춤출 일이당가? 어깨춤, 깨춤을 출 일이여?

나라님을 마소에 빗대어 조롱하는 종내기는 워떤 시
러베아들이여? 워떤 대선후보란 자는 대통령의 무덤
을 파헤치자고 외치고, 또 워떤 종내기는 나라님을 포
승줄에 묶은 모형과 함께 횃불을 치켜들고 소리소리
지르등만! 고릴 때는 야당 종내기들꺼정 나서서 쌍

238

나발을 불어쌈서 기름을 끼얹어야 쓰것능가? 소리소리, 소락빼기를 질러쌈서 무슨 원수가 졌다고 꼭 그려야 쓰것능가? 그게 워디 민주주의여? 법을 맹그는 놈들이 법은 지키지도 않고 불난 집에 부채질을 혀? 이건 북한에서나 있을법헌 인민재판이 아닌감? 나라님도 모르고, 법도 모르고, 햇불폭력으로 끌어내리고, 지들이 그 자리 차지하려는 그런 놈들의 민주주의는 싫크만요! 참말이제 싫크만요. 정내미가 뚝 떨어져서 싫크면요.

6.25 때 인민군들이 내지르던 그놈의 죽여라, 처단하라! 허던 그 지긋지긋헌 소리는 이가 갈리게 들었끄만요. 처참허고 소름끼쳐서 더 이상 듣고 싶지 않크만요. 그 끔찍헌 소리를 왜 민주주의 세상에서 백주 대낮에 들어야 헌답디까? 그 소리는 사랑도 아니고 연민도 아니제. 용서헐 줄 모르는 저주의 소리가 아닝그라우? 고롷게 악쓰는 소리는 또다시 저주를 낳고 쟁투를 낳는 소리라서 싫크만요! 참말이제 더 이상 듣기 싫크만요!

하이에나맹키로 떼지어 댕기면서 눈에는 살기를 가득 담고 소리소리 지르는 놈들, 지들은 워디 깨끗허

간디? 나라를 이 지경으로 맹글어놓고도 지들은 아무 잘못도 없는 것처럼 뻔뻔스럽게도 누가 누구를 단죄헌단 말이여? 시방! 입은 비뚤어져도 말은 똑바로 하랬다고 안 그럽디여? 나라가 이 지경이 될 때꺼정 사사건건 발목잡은 놈들, 눈치보고 방관한 놈들이 무슨 염치로 누가 누구를 단죄헌단 말이여, 시방!

나라님을 끌어내리고 지들이 그 자리 차지하려고 눈이 벌개가지고 김칫국부터 마시는 모양인디, 천만의 말씀이제라우! 북한에 또 뭉텡이 돈 갖다 바치라고? 엘엘인가 거 머신가로 서해바다 내주라고? 김정은에게 물어보고 유엔문제 대답하라고? 고롷게는 못허것소! 죽었으면 죽었제 못허것구만요. 나라님도 죄가 있으면 벌을 받아야것제. 법은 이럴 때 쓰는 것 아니것소? 안그러요? 백택없이 허는 소리가 아니구면요. 내가 무식허고 늙은 것이 뭣을 알것소? 까막눈이 뭣을 알것소. 모르제라우. 그런디, 나라님 펄펄헐 적에는 쥐 죽은 듯이 숙이고 사사건건 발목만 잡든 것들이 나라님 다리 한쪽 휘청 허자 살판났다고 덤벼들어? 고롷게 물어뜯고 쓰러뜨리려는 하이에나 떼들, 참 더러버서 못보것소! 그 배은망덕허고 불효막심헌 인간 말종들 소란피우는 꼴 보기 싫어서 참다참다 나왔그먼요. 그렁개 백택없는 늙은이라고 흉보지 마씨요, 잉! 내사 원제 죽어도 암시랑토 않지만 커가는 손자들 후손들이 걱정 되어서 나왔끄먼요. 그렁개 제발 백택없이 인민재판은 그만허고 촛불이나 본래의 자리로 돌려보내 주씨요!

이념과 예술의 발효시학醱酵詩學

김 관 웅

문학평론가, 중국 연변대 교수

　동양 고대 시론에는 '지인론세(知人論世)'라는 중요한 시
론 범주가 있다. 그 뜻은 시를 포함한 문학작품을 이해하
려면 그 문학작품을 창작한 사람의 삶과 작품으로 나타난
시대를 알아야 한다는 뜻이다.

　黃松文 詩人은 1941년 대한민국 전라북도 임실군 오수
면(獒樹面)의 한 평범한 농가에서 장남으로 태어났다. 16
세 때 부친을 여의고, 17세 때 누이동생을 잃은 후 소년가
장이 되어 가족을 부양하면서 고학으로 자수성가한 시인이다.

　일본 남산대학에서 수학했고, 전주대학교에서 문학박사
학위를 받은 그는 시인과 소설가로 알려졌다. 선문대학교
교수로 재임하는 동안 선문대신문사 주간, 인문학부장, 인
문대학장을 역임, 정년퇴임 후 현재는 명예교수로 있으면
서 선문대와 숙명여대, 서울디지털대학교, 용산 아이파크
문화센터에 출강, 계간종합문예지 『문학사계(文學四季)』지
발행인 겸 편집인으로 있다.

　문단에서는 국제펜클럽 한국본부 이사, 감사, 한국현대
시인협회 부이사장을 역임했고, 한국문인협회 이사로 있
다. 수상경력은 제3회 홍익문학상, 제18회 한국현대시인
상, 제1회 전주문학상 등 5개 문학상을 수상했다.

주요 저서로는 『黃松文詩全集』『바위 속에 피는 꽃(시선집)』『師道와 詩道』『현대시창작법』『소설창작법』『수필창작법』『문장론』『신석정 시의 색채 이미지 연구』『중국조선족 시문학의 변화양상연구』 등 70권이 있다.

나는 사람 복이 있는 편이다. 黃松文 詩人이 2001년(안식연구년)에 내가 몸담고 있는 연변대학에 객원교수로 와 계실 때부터 나는 그의 거룩한 인격을 가까이에서 지켜보게 되었다. 具常 시인은 황송문 시인을 평하는 글 <古眞한 그 人品에 그 詩>에서 다음과 같이 피력한 바 있다.

古眞이랄까! 心志가 어찌 이렇듯 순박할 수 있을까? 그야말로 감복을 안 할 수 없다. 이 시집을 펼치는 분들은 누구나 다함께 바로 그 사람에 그 詩라는 느낌을 받을 것이다. 그래서 진실이 너무하도록 배어 있는 詩를 맛볼 것이다. 그 形象化에 있어서도 옷깃을 여민다. …나는 그가 지닌 思惟의 깊이나 순화된 心懷나 타락한 현실에 대한 진솔한 반감마저도 소중하게 여기고 더구나 그가 지닌 宗敎心이 갇혀 있지 않고 열려 있음을 기쁘게 여긴다. 그래서 저러한 그의 詩는 앞으로 그의 年輪과 더불어 관조와 격조의 유연을 더욱 깊고 넓고 높게 해서 우리 詩史에 크게 精彩를 발할 것을 믿어 의심치 않는다.
- 黃松文 第5詩集 『그리움이 살아서』 序文에서

黃松文 詩人은 소박함에서 우러나는 매력을 지닌 분이다. 孟子는 君子란 "천하에 가장 넓은 인(仁)이라는 집에서 살고, 천하에 가장 바른 예(禮)라는 자리에 앉으며, 천하에서 가장 큰 길인 인의(仁義)의 길(道)을 걷는" 사람이라 했고, "욕됨을 참고 견디며 한평생 초지가 변함이 없이 삶의 정도를 걸어 나가는" 사람이라 했다. 육십 평생을 살아오면서 나는 군자에 관한 말을 많이 들어왔고, 군자에 관한 책도 적잖게 읽었지만 현실에서 본 적은 거의 없었다. 내가 부덕해서 그런지는 몰라도 내가 만난 사람들은

거개가 다 홍진(紅塵)에 찌들고 모진 세파에 부대껴 변형된 추레한 모습들이었다. 나는 황송문 시인을 통하여 비로소 진정한 군자란 과연 어떤 사람인가를 알게 되었다.

그래서 이 인욕이 팽배한 홍진세계에서 그토록 깨끗한 마음가짐과 몸가짐을 가질 수 있는 황송문 시인을 한국의 국보(國寶)라고 칭송을 아끼지 않는다. 한마디로 황송문 시인은 나와 나의 가족에 대해서만이 아니라 70평생을 한결같이 욕됨과 불이익을 참고 견디고 의리를 지키며 공경과 사랑으로 남에게 양보하고 베풀면서 살아오신 聖人君子에 가까운 분이다. 말로만이 아니라 70평생 자기의 일거수일투족의 실제행동으로 "부모의 마음으로 종의 몸으로" 살아오신, 남을 섬기는 지성인이요 리더였다.

淑明女大 具明淑 敎授도 그의 글 <섬기는 리더, 黃松文 先生님>에서 다음과 같이 피력하였다.

黃松文 先生님께서 詩人, 또는 敎授의 직분을 감당하시면서 평소 실천해 가시는 모습을 보면 진정한 섬기는 리더라고 생각된다. 자기 자신에 대한 엄격한 관리와 부드러운 대인관계 능력, 그리고 언제나 남을 배려하고 섬기면서 그들이 가진 잠재능력을 최대한 키워주시는 대단한 능력을 발휘하신다. 文德守 先生님께서 이미 詩로 말씀해 주신 것처럼, 몰래 키우고 있는 바위에 꽃을 피우는 부드럽지만 강한 리더십을 가지신 분이다. 黃先生님께서 뜻하시는 일이면 반드시 이루시며, 누구에게서든지 싹을 발견하시면 곧 물을 주고 햇볕을 쪼여 아름다운 꽃을 피우게 하시는 조용하지만 열정적이고 에너지가 넘치는 분이다.

- 『師道와 詩道』 p.44

1. 인격과 시세계의 함수관계

　西洋에는 "풍격은 바로 그 사람이다"라는 말이 있고, 東洋에도 '문여기인(文如其人)', 즉 "글은 바로 그 사람과 같다"는 성구가 있다. 어디 글만이겠는가. 시는 더욱 그러하다. 사향(麝香)은 아무리 싸고 싸도 그 향기가 겉으로 새어 사방에 풍기는 법이다. 마찬가지로 황송문 시인의 인격의 향기, 덕성의 향기는 아주 자연스럽게 그의 시편에서 짙은 향기를 풍기고 있는 것이다. 그의 시집을 펼치는 분들은 누구나 다 함께 바로 그 사람에 그 시라는 느낌을 받을 것이다.

　池昌盈 詩人은 그의 碩士學位 論文 <黃松文詩硏究>에서 다음과 같이 피력하였다.

　黃松文의 詩論은 '醱酵의 詩學'과 '甘酒의 詩學'으로 요약할 수 있다. 간장, 된장, 술이 익듯이 인생이 자연스럽게 익어서 거듭나는 삶이어야 한다고 노래하는 '발효의 시학'은 그의 독특한 人生論이자 詩論이다. 그의 작품에서는 현실의 어두운 면이나 부정적인 면에 대해 실망하지 않고 항상 본질을 추구하여 본래의 가치를 찾아내고 그것을 정신적으로 향유하는 자세를 볼 수 있는데 그는 이를 '想像의 甘酒'라고 표현한다.
　黃松文의 詩世界는 향토정서, 문명비판, 선비정신과 역사의식, 절대사랑의 추구 등 5종류로 분류하여 볼 수 있다. 향토적인 작품에는 恨의 정서가 깃들어 있으며 발효의 이미지가 많이 나타난다. 문명비판적인 시에서는 도시문명에 대한 충격, 도시문명과 향토정서의 대비, 현실극복의지 등의 성향을 찾아볼 수 있다. 세태에 흔들리지 않고 깊은 思考와 학문을 추구하는 선비정신이 그의 작품에 많이 나타나 있으며 이는 때로 역사적인 현실과 그에 대한 극복의지를 그리는 역사의식으로 나타나기도 한다. 대부분의 작품은 결국 절대사랑을 향하여 방향 지

워져 있음을 볼 수 있다. 현실의 고난과 고통을 거부하지 않고
적극적으로 받아들여 이겨내고자 하는 의지, 그 결과로써 차원
높은 새로운 삶을 지향하는 자세가 주류를 이루고 있다.

詩 「까치밥」으로 대변할 수 있는 황송문 시인의 인생관
은 곧 고난을 통하여 거듭나는 인생을 찬미하는 것으로서
이는 人生論인 동시에 詩論이라 할 수 있다. 시와 시인의
삶이 일치하는 보기 드문 경우로서, 그의 인생이나 문학적
성취는 더 깊은 연구가 있어야 할 것이다.

우리 죽어 살아요.
떨어지진 말고 죽은 듯이 살아요.
꽃샘바람에도 떨어지지 않는 꽃잎처럼
어지러운 세상에서 떨어지지 말아요.

우리 곱게곱게 익기로 해요
여름날의 모진 비바람을 견디어내고
금싸라기 가을볕에 단맛이 스미는
그런 성숙의 연륜대로 익기로 해요.

우리 죽은 듯이 죽어 살아요.
메주가 썩어서 장맛이 들고
떫은 감도 서리 맞은 뒤에 맛들듯이
우리 고난 받은 뒤에 단맛을 익혀요.
정겹고 꽃답게 인생을 익혀요.

목이 시린 하늘 드높이
홍시로 익어 지내다가
새소식 가지고 오시는 까치에게
쭈그렁바가지로 쪼아 먹히고
이듬해 새봄에 속잎이 필 때
흙속에 묻혔다가 싹이 나는 섭리
그렇게 물 흐르듯 순애(殉愛)하며 살아요.
  - 「까치밥」 전문

246

까치밥은 한국 늦가을의 시골에서 흔히 볼 수 있는 풍경이다. 농부들은 감나무 꼭대기의 감들을 다 따지 않고 몇 알씩 남겨놓는다. 겨울을 나는 까치의 구명식(救命食)으로 남겨놓는 것이다. 황송문 시인은 까치밥이라는 이 한국적인 향토색이 짙은 대상물에 종교적인 박애와 희생의 의미를 부여하였다. 이 시에서 그는 종교적인 박애와 희생의 의미를 "죽어 살아요"라는 시어로 표현했다.

"죽어 산다"는 의미를 생각해보면 이 '죽음'은 인간의 욕망이 팽배한 홍진세계에서 승화된 삶을 살기 위해서는 현실 생활에서 부딪치는 삶의 여정에서 인간이 자기 자신의 끝없는 욕망과 분노, 아집을 눅잦히고 또 남들과의 쟁투에서 죽은 듯 참아야 하고, 한발자국 물러서야 한다는 뜻이라고 풀이할 수 있다.

오늘날 세상의 모든 것을 다 가지고서도 만족하지 못하고 허덕이는 속인들의 탐욕의 팽창, 그리고 권력과 명예에 대한 지나친 집착과 그것을 차지하기 위한 아귀다툼… 황송문 시인은 이와 같은 탐욕, 아집, 폭력을 잠재우고 침묵시켜야 참된 행복과 평화를 누릴 수 있을 것으로 믿는다. 이런 탐욕, 아집 폭력에 맞서서 "어지러운 세상에 떨어지지 말고" 죽은 듯이 비폭력과 무저항, 무소유(가난함, 소박함)의 삶인 온유, 용서, 겸손, 나눔, 희생의 메시지를 전달하고 있는 것이다.

황송문 시인은 까치밥 같은 이런 여유 있고 너그럽고 이타적인 삶의 지혜를 터득하고 실천하게 되자면 요청되는 것은 인욕, 즉 "죽은 듯이 사는 것"이라고 인정하면서 아울러 "여름날의 모진 비바람을 견디어내고", "찬 서리도 맞아야 하고", "메주가 썩어서 장맛이 들듯이" 인간의 성숙과정을 주장하고 있다. 그리고 마지막 연에서는 그러한 변화는 인간이 그냥 죽음으로 끝나는 것이 아니라 반드시 다시 살아난다는 정신적 재생과 부활의 기쁨과 희망을 읊조리고 있다.

　"목이 시린 하늘 드높은" 가을하늘, 비어있는 푸른 하늘 아래 새롭게 거듭난 우리 인간- '까치밥'들은 새소식의 전령(傳令)인 까치들에게 쪼아 먹혀서 쭈그렁바가지로 되어 땅속에 묻혀서 형태도 없는 무아의 세계로 들어간다. 그리고 이듬해 새로운 세계에 다시 거듭나는 부활의 신비를 노래하고 있다.

　한국의 고대에도 근현대에도 '까치밥'에 이런 깊은 시적 의미를 부여한 시작은 없었다. 황송문 시인이 이런 한국적인 풍경을 이미지화하는데 크게 성공한 작품이다. 한국 무가(巫歌)의 핵심인 바리데기 공주의 죽음을 통과하는 용서와 효심의 모티브, 심청의 희생적인 효심이 죽음을 통과하여 연꽃으로 다시 살아나는 재생의 모티브, 춘향이가 캄캄한 옥중의 시련을 거쳐 정렬부인으로 거듭나는 모티브, 예수가 골고다의 언덕에서 십자가에 못 박혀 죽었다가 부활하여 승천하는 "죽음과 재생(death and rebirth)"의 신화적 원형이 재현된 시가 바로 황송문 시인의 「까치밥」이다.

　"그리움은/해묵은 동동주/속눈썹 가늘게 뜬 노을이다" 로 시작되는 시 「그리움」도 같은 맥락의 계열이 분명하고 "우리 조용히 썩기로 해요/우리 기꺼이 죽기로 해요"의 「간장」도 같은 혈통이다.

　　우리 조용히 썩기로 해요
　　우리 기꺼이 죽기로 해요

　　토속의 항아리 가득히 고여
　　삭아 내린 뒤에
　　맛으로 살아나는 삶
　　우리 익어서 살기로 해요

　　안으로 달여지는 삶

248

뿌리 깊은 맛으로
은근한 사랑을 맛들게 해요

정겹게 익어가자면
꽃답게 썩어가자면
속맛이 우러날 때까지는
속 삭는 아픔도 크겠지요

잦아드는 짠맛이
일어나는 단맛으로
우러날 때까지
우리 곱게곱게 썩기로 해요
우리 깊이깊이 익기로 해요

죽음보다 깊이 잠들었다가
다시 깨어나는
부활의 윤회(輪廻)

사랑을 위해 기꺼이 죽는
인생이게 해요
사랑 위해 다시 사는
재생이게 해요.
　　　　　　- 「간장」 전문

　黃松文 詩人은 바로 자신의 이러한 정신적 "죽음과 재생"의 체험을 까치밥이나 간장, 동동주 같은 이미지로 바꾸어 향토적으로 표현했다. 한국의 문학평론가 韓壽永 敎授는 황송문 시인의 이런 시들을 염두에 두고 "발효(醱酵)의 시학(詩學)"이라고 높이 평가한바 있다. 발효란 자연과학적으로 정의하자면 곰팡이나 박테리아 같은 효모균(酵母菌), 세균류(細菌類) 따위의 미생물이 유기화합물을 분해하여 알코올류나 유기산류로 변질되게 만드는 화학적 작용을

말한다. 백의민족이 즐겨먹는 동동주나 간장, 된장, 김치, 증편, 청국장, 그리고 각종 젓갈 같은 음식은 모두 발효식품의 종류에 해당된다.

그러나 이렇게 자연과학적으로만 정의하는 것은 따분하다. 황송문 시인은 이 발효의 원리를 인간의 삶에 끌어와 그것이 음식뿐만 아니라 인간의 삶에도 똑같이 적용되어야 할 중요한 삶의 원리로 바꾸어 놓고 있는 것이다. 간장이나 된장이 단맛을 내기까지는 죽음으로부터 재생의 아픈 시련을 겪어야 하듯이 사람이 사람냄새가 나는 참 인간으로 거듭나기 위해서도 역시 이런 죽음으로부터 재생의 아픈 시련을 겪어야 한다고 설파하고 있는 것이다.

언제나 낮은 자세로, 자기를 죽이면서, 자기를 썩히면서, 남을 배려하면서, 많은 사랑을 베풀면서 살아가는 황송문 시인의 삶 자체가 바로 이런 "발효의 아름다움"을 갖고 있는 것이다. 이처럼 황송문 시인의 인격과 그의 시세계는 함수관계를 갖고 있다.

黃松文 詩人의 人格과 詩格은 대단한 일치성을 보이고 있다. 그는 과묵하고 사람 좋기로 소문나 흙처럼 수더분해 보이지만 아울러 그의 마음속 깊이에는 바위나 돌 같은 '고집덩어리'가 완강하게 버티고 있다고 지적한 文德守 詩人의 말에 나는 완전히 수긍한다. 그의 「흙의 침묵」, 「청보리」, 「돌」 등에서도 그의 인격의 향기를 읽을 수 있다. 한국의 청보리는 黃松文 詩人의 시정신을 표상한다. 사람들은 그를 가리켜 "청보리 시인"은 물론, "木花의 詩人"이나 "紫雲英의 詩人" "까치밥의 시인" 등으로 일컫기도 한다.

청보리의
푸른 정신으로 살고 싶다.

가난한 나라에 태어나 살아도
가난한 줄 모르게
수천 톤의 햇살을 받아들이는
양지 바른 토양에서
보란 듯이 살고 싶다.
　……[중략]

짓밟히면서도 일어서는
청보리의 사상
농부의 뚝심으로 살아나는
그 푸른 정신으로 살고 싶다.
- 「청보리」 중 일부

　황송문 시인의 시 「청보리」는 모든 불의와 유혹과 탄압에도 타협하거나 흔들리거나 굴복하지 않는 꿋꿋한 선비정신을 한국 시골에서 가장 흔하게 볼 수 있는 청보리라는 이미지를 통해서 표현한 수작이다. 그는 흙처럼 수더분하게 한걸음 뒤로 물러서는 유연한 삶의 자세를 가지면서도 동시에 "짓밟히면서도 일어서는 청보리" 같은 정신의 소유자이다. 그의 마음속에는 바위나 돌 같은 '고집덩어리'가 완강하게 버티고 있으며 자신이 지향하는 바를 실현하기 위해서는 광풍폭우 속에서도 백절불굴의 기상을 간직하고 있는 바위의 소나무처럼 끈질기고 변함없는 恒心이 도사리고 있음을 본다.

불 속에서 한 천년 달구어지다가
산적이 되어 한 천년 숨어살다가
칼날 같은 소슬바람에 염주를 집어들고

물속에서 한 천년 원 없이 구르다가
영겁의 돌이 되어 돌돌돌 구르다가
매촐한 목소리 가다듬고 일어나

신선봉(神仙峰) 화담(花潭)선생 바둑알이 되어서
한 천년 운무(雲霧) 속에 잠겨 살다가
잡놈들 들끓는 속계(俗界)에 내려와
좋은 시 한 편만 남기고 죽으리.
                    - 「돌」 전문

黃松文 詩人의 시 「돌」은 그의 시간관, 시학관, 가치관
의 일단을 잘 드러내 보인다. 이 시는 그의 여유 있는 시
간관을 보여준다. 인간이 상상할 수 있는 가장 큰 단위로
되어 온 불교의 겁(劫)이 동원되었다. 하늘과 땅이 한번
개벽한 후 다음번 개벽할 때까지의 세월을 불교에서는 겁
(劫)이라고 하거니와, 마지막 시행에 나오는 "시 한편"이란
한 겁(劫) 만에 탄생된 것이 아니고 무엇이겠는가?
  이 시간의 유장함이야말로 시간운동의 템포가 너무나도
빨라서 인류가 보편적으로 '미래쇼크'에 빠져 있는 이 시
대에 대한 유쾌한 반동이다. 온 세상이 '찰나의 미학'에 눈
멀어 찧고 까불 때, "나는 좋은 시 한 편을 쓰기 위해 한
겁의 시간을 기다리노라"라는 이 여유 있는 태도, 그 군자
에게서만 흘러나올 수 있는 호연지기(浩然之氣)는 수심강
정(水深江靜)으로 통한다. 유유히 흘러가는 대하(大河)라든
지 운무 속에 반쯤 실체를 숨기고 있는 대산(大山) 같은
황송문 시인의 숭고한 기상을 느끼게 한다.
  그의 시 「돌」은 공리(功利)나 명예에 너무나 급급하여
시대의 유행에 바람개비처럼 풍향 따라 쉴 새 없이 돌아가
거나 심지어 시심마저 조작하는 거리의 마술사 같은 시인
들에 대한 무언의 질타가 아닐 수 없다. 황송문 시인의 시
「돌」이 한국육필문예보존회의 주선으로 충남 보령의 육필
시공원 내(內)에 시비(詩碑)로 남게 된 것은 뜻있는 일이
다. "인생은 짧고 예술은 길다"는 말에 실감이 난다.

2. 한국적 향토정서의 향기

　시인의 이름은 황송문(黃松文)이다. 이름도 그 사람 자신에 대한 이미지를 형성하는 데에 큰 영향을 준다는 사실과, 자기에 대한 이미지는 모든 사물에 대한 인식을 수습하는 중심적인 역할을 해낸다는 입장에서 볼 때 시창작을 하는데 있어서 이름이 상당한 어떤 관련성을 갖추고 있으리라는 것을 생각할 수도 있을 것이다. 누를 황(黃)이라는 성(姓)은 한국 어디에서나 볼 수 있는 황토(黃土)를 연상케 한다. 그리고 솔 송(松)자는 한국 어디서나 볼 수 있는 소나무를 가리킨다. 이런 것들을 시로 표현해 낸다고 할 때 그 이름과 이 작품들 사이에는 어떠한 숙명적인 인연이 있었던 것이라고 생각하는 것은 터무니없는 일이라고 말할 수 없을 것이다.

　우리는 황송문의 시편을 읽으면서 그는 늘 종교적인 이미지를 향토적 이미지로 바꾸어 형상화하는 것을 발견하게 된다. 즉 한국적인 최고의 진실한 존재들을 향토적으로 표현한다. 가장 민족적인 것이 가장 세계적인 것이라는 말의 진의(眞義)를 우리들은 황송문 시인의 시편에서 절감할 수 있다. 그리고 황송문 시인의 고향은 춘향골 남원과 이웃한 전라북도 임실군 오수면 오수리(獒樹里)다. 이 마을은 의견비(義犬碑)로 널리 알려진 고장으로 봄이면 야트막한 산 등성이에 진달래가 흐드러지게 피고, 자운영(紫雲英) 꽃이 온 들녘을 덮어 벌떼가 잉잉거리는 물 맑고 산 좋은 시골이다. 이런 순박한 고장에서 태어나 자라서인지 그의 시에서는 인간의 순정과 향토색 짙은 한국적인 서정이 샘솟는다.

어매여, 시골 울엄매여!
어매 솜씨에 장맛이 달아
시래깃국 잘도 끓여 주던 어매여!

어매 청춘 품앗이로 보낸 들녘
가르마 트인 논두렁길을
내 늘그막엔 밟아 볼라요!

동짓날 팥죽을 먹다가
문득, 걸리던 어매여!

새알심이 걸려 넘기지를 못하고
그리버 그리버, 울엄매 그리버서
빌딩 달 하염없이 바라보며
속울음 꺼익꺼익 울었지러!
              — 「망향가 2」 중 앞부분

이 시는 오염되지 않은 심심산골의 도라지처럼 향토색 짙은 한국적 서정을 수더분하고 정감어린 전라도 방언(方言)으로, 때로는 수채화처럼 맑고 향기로운 언어구사로 한국어를 빛내고 있다. 짙은 한국적 향토정서는 그의 명확한 시학관에 의해 더욱 확고해지는 상 싶다. 그는 「시론(詩論) 3」에서 자기가 지향(志向)하는 시의 세계를 다음과 같이 명징하게 밝히고 있다.

마음 편한 식물성 바가지 같은 시
단기(檀紀)를 쓰던 달밤 교교한 음력의 시
사랑방 천장에선 메주가 뜨던
그 퀴퀴한 토속(土俗)의 시를 쓰고 싶다.

인정이 많은 이웃들의 모닥불 같은 시
해질녘 초가지붕의 박꽃 같은 시

마당의 멍석 가에 모깃불 피던
그 푸르스름한 실연기 같은 시를 쓰고 싶다.

겨울엔 춥고 여름엔 머리 벗겨지는
빨강 페인트의 슬레이트 지붕은 말고
나일론 끈에 목을 맨 플라스틱 바가지는 말고,
뚝배기의 숭늉 내음 안개로 피는
정겨운 시, 푸짐한 시, 편안한 시,
더운 김이 모락모락 피어오르는
고구마 한 소쿠리씩의 시를 쓰고 싶다.

고추잠자리 노을 속으로 빨려드는 시,
저녁연기 얕게 깔리는 꿈속의 시,
어스름 토담 고샅길 돌아갈 때의
멸치 넣고 끓임직한 은근한 시,
그 시래깃국 냄새 나는 시를 쓰고 싶다.
              - 「시론 3」 전문

  황송문 시인은 '페인트'나 '플라스틱', '나일론' 같은 화
학적 인공의 문명세계를 싫어하고 있다. 반면 어둑한 시골
사랑방 천장에서 퀘퀘하게 뜨고 있는 메주 내음이거나 풋
고추 얼큰한 시래깃국 맛 같은 시, 그것도 아니면 초가지
붕에 하얗게 핀 박꽃 같고, 한여름 밤 푸르스름하고 매캐
하게 피어오르던 마당가 모깃불 같은 한국적 정감의 시를
좋아한다. 영 촌티를 못 벗어나는, 아니 벗어나고 싶지 아
니하는 어쩌면 "영원한 오수촌 촌사람"을 지향하고 있는지
도 모른다.

  고향 생각이 나면
  시래깃국 집을 찾는다.

  해묵은 뚝배기에 듬성듬성 떠 있는

붉은 고추 푸른 고추
보기만 해도 눈시울이 뜨겁다

노을같이 얼근한
시래기국물 흘훌 마시면
뚝배기에 서린 김은 한이 되어
향수 젖은 눈에 방울방울 맺힌다.
                    - 「시래깃국」 중 앞부분

오늘은 내 나라 칡차를 들자
…… [중략]
그 산 진액을 빨아올려
사시장철 뿌리로 간직했다가
주리 틀어 짜낸 칡차를 받아 마시고
내가 누구인가를 생각하자.

칡뿌리 같이 목숨 질긴 우리의 역사
칡뿌리 같이 잘려 나간 우리의 강토
내 흉한 손금 같은 산협(山峽)에
죽지 않고 살아남은 뿌리의 정신
흙의 향기를 받아 마시자.
                    - 「칡차」 중 일부

　고향에로의 회귀욕구(回歸欲求)는 주로 감각적 매개물을
통해 형상화되었다. 그것도 혀끝에 맺혀있는 미각(味覺)의
기억에 의해서이다. 마치 티베트족이나 몽골족 시인들이
고향에 대한 회귀욕구를 표현하는데 수유차(酥油茶)나 잉
차(奶茶) 같은 음식을 등장시키는 것과 같은 맥락이다. 머
릿속에 개념적으로 각인된 것보다 훨씬 강한 것이 감각에
아로새긴 기억이 아니겠는가.
　한편으로 「시래깃국」이나 「칡차」는 그러한 미각에 매개
된 기억의 회상뿐 아니라, 그의 고향에 대한 뜨거운 사랑

의 정서가 민중적 삶에 튼실하게 뿌리를 내리고 있으며, 아울러 뜨거운 나라사랑에로 승화되었음을 볼 수 있게 된다.

3. 혼탁한 진흙탕 속에서 피어난 꽃

黃松文 詩人의 호는 탁담(濁潭)이다. 나는 이 탁담은 황송문 시인이 살고 있는 이 속세를 뜻한다고 생각한다. 시인들은 흔히 이 탁담에서 허우적거리는 고통을 읊조리거나 혹은 이 탁담에서 초월한 탈속의 경지를 읊조리기도 한다. 중국의 詩聖 杜甫가 前者라면 詩仙 李白은 後者에 속한다고 할 수 있다. 이런 맥락에서 황송문 시인의 시는 李白보다는 杜甫 쪽에 더 가까이 서 있다고 할 수 있겠다. 그는 속세의 고통에 힘겨워하지만 끝내는 그것을 초월하려고 애쓰지 않고 世俗과 脫俗의 境界에 서서 그것을 견디려고 한다.

노을이 물드는 산사(山寺)에서
스님과 나는 법담(法談)을 한다.

꽃잎을 걸러 마신 승방(僧房)에서
법주(法酒)는 나를 꽃 피운다.

스님의 모시옷은 구름으로 떠 있고
나의 넥타이는 번뇌(煩惱)로 꼬여 있다.

"자녀를 몇이나 두셨습니까?"
"사리(舍利)를 몇이나 두셨습니까?"

"더운데 넥타이를 풀으시죠."
"더워도 풀어서는 안 됩니다."

목을 감아 맨 십자가
책임을 풀어 던질 수는 없다.

내 가정과 국가와 세계
앓고 있는 꽃들을 버릴 수는 없다.
　　　　　　- 「선풍(禪風) 1」 전문

이 시 전체를 감싸는 해학성(諧謔性)은 독자들로 하여금
웃음을 머금게 한다. 한 사람은 속세의 인간이고 한 사람
은 도를 닦는 스님인데, 각기 자기의 내공(內攻)으로 선문
답(禪問答)을 주고받는다. 그런데 스님의 선문(禪問)을 받
아내는 속세 인간의 내공이 만만치 않다. 다만 시인은 마
지막에 "가정, 국가, 세계"라는 자기가 속한 속세의 원관
념(原觀念)들을 토설해버리고 말아 실수를 저지르기는 했
지만 이 시 전체를 관류하고 있는 속세 인간의 인생철학에
마땅히 주목할 필요가 있다.
　　우리가 흔히 만나는 시들은 이런 경우 대개 고승(高僧)
의 내공에 굴복하여 탈속의 경지에 이르지 못하는 자신을
탓하거나, 마침내는 그 경지에 도달하기를 열망하는 초월
과 비상의 의지를 발현하는 것으로 마무리를 한다. 그러나
대덕(大德)의 고승(高僧) 앞에 흐트러지지 않은 자세로 똑
바로 앉아서 속세 인간의 자세를 끝내 포기하지 않는, 아
니 포기할 수 없다고 당당히 맞선다. 이런 당당함은 어디
서 생겨나는 것일까? 대덕의 고승이 산중에서 내공을 닦
으셨다면 속세의 이 넥타이를 맨 사람은 바로 탁담에서 내
공을 닦은 것이 아니겠는가.
　　그리고 시적 화자(話者)가 절대 포기할 수 없는 것은 그
탁담에는 "앓고 있는 꽃"들이 가득하니 황송문 시인의 시
는 끝내 탈속의 시가 아니라 세속의 시임을 다시 한 번
확인케 만드는 순간이다. 그리고 저잣거리에서 다진 그 내
공이 단지 남루한 속세 인간의 오욕에 멈춘 것이 아니라

그 이상의 시적 통찰을 담고 있음에 괄목하는 순간이기도
하다.

> 보리를 밟으면서
> 언 뿌리를 생각한다.
>
> 아이들이 아비에게 대들 때처럼,
> 시린 가슴으로
> 아픔을 밟는 아픔으로
> 해동(解凍)을 생각한다.
> …… [중략]
>
> 뿌리를 위하여
> 씨알이 썩는 것처럼,
> 사랑할수록 무능해지는 것을
> 나는 안다.
> **-「보리를 밟으면서」 중 일부**

大德의 高僧의 內攻을 감당하는 속세 인간의 철학이 어
디에서 연유하는 것인가를 짐작하게 하는 시 중의 하나이
다. 탈속이란 속세의 모든 인연을 끊어야만 가능한 것이
다. 그러나 속세에서 시집장가가고, 아이 낳고, 집장만하고
부모 모시고 살아야만 하는 속세의 인간들은 이 인연을 끊
으려야 끊을 수 없다. 인연은 번뇌의 원인이지만, 다시 그
것으로 배우고 익힌다.
"뿌리를 위하여/씨알이 썩는 것처럼,/사랑할수록 무능해
지는 것"이란 이 구절은 속세의 참 인간만이 도달할 수 있
는 인연의 철리가 담겨져 있다.
세상의 고통을 노래하되 그 번뇌와 고통을 초연히 넘어
서는 것이 아니라 번뇌와 고통과 함께 더불어 살아가는 법
을 노래하는 것이 황송문 시인의 생활에 대한 시적 통찰이

다. 그래서 그의 시는 늘 세속과 탈속의 경계지점에 머물고 있다. 일상의 번뇌를 떨어내고 싶어 하지만, 그것과 단절된 또 다른 완전 탈속의 세상으로는 완전히 옮겨 앉을 수 없다고 버틴다. 번뇌를 안겨주는 세속의 삶을 여전히 사랑하는 까닭이다.

속세의 삶을 사랑하기 위해서는 결국 속세에서 야기되는 번뇌와 고통마저 감싸 안지 않으면 안 된다. 그 경계의 의미는 이러지도 저러지도 못하는 진퇴양난의 지경이 아니라 이쪽과 저쪽을 다 감싸 안고 받아들이는 넉넉함을 드러내는 것이다.

그래서 나는 황송문 시인의 시들을 혼탁한 진탕 속에서 피어난 연꽃 같은 시편이라고 말하고 있다. 이런 의미에서 황송문 시인의 시세계는 법정(法頂) 스님의 완전 탈속의 문학세계와는 또 다른 매력으로 수많은 속세의 독자들을 자기 주위에 집결시키고 있는 것이다.

1930년 박용철, 김영랑, 정지용 시인 등과 함께 『시문학』 동인으로 유명한 辛夕汀 시인은 황송문 시인의 처녀시집 『造船所』에 "黃君은 그의 주소를 청춘의 오전에 두고 있는 믿음직한 詩學徒다. 萬里 前程을 한눈파는 일 없이 詩道에 精進하기를 바라되 바이마르에 侵攻해 온 나폴레옹에게 달려가 頌詩를 奉모한 괴테가 되기 전에 나폴레옹이 皇帝가 되었다는 말을 듣고 그에게 봉정하려던 樂譜를 찢어버린 베토벤적 詩精神을 끝내 가슴에 지니고 나아가 우리 詩壇에 새로운 등불이 되어주기를 바란다"는 요지의 序文을 얹어주셨는가 하면, 鄭貴永 문학평론가는 황송문 시인의 시세계를 「理念과 藝術의 永遠性」이라는 제목으로 다음과 같이 평가하였다.

높고 곧은 理念의 푯대와 詩的 이미지 構成과 시적 표현에 대한 진지한 추구의 노력이 작품으로 形象化되어 있다. 黃松文 詩人은 결코 포즈를 취하는 시인이 아니다. 또 유행의 시인도 아니다. 묵묵히 자기의 이념의 푯대를 바라보는 동안에 어느덧 그 이념이 생활화했고, 다시 차원을 넘어서 詩化했고 詩語에 정착했다. 黃松文 詩人은 작품의 언어 공간에 한 치의 갭도 허용치 않는, 엄격에 가까운 태도로 언어를 다룬다. 높은 理念의 所有者인 동시에 충실한 언어의 직공이다. 이 시인의 시적 세계는 이념의 고민에 피어나는 광명의 꽃이다. 또 그것이 사상적인 꽃임에 만족치 않고 예술적 언어의 꽃으로 핀다. 사상적 이념과 예술적 언어가 장소를 같이하여 詩의 饗宴을 차리는 자리에 영롱한 지성이 곁들여 詩의 哲學을 제시하고 내일의 大成을 예고하는 이 작품이 韓國詩의 星座에 또 하나의 좌표를 그린다. 理念의 永遠과 藝術의 永遠을 함께 약속하는 듯하다.

- 시집 『造船所』(黃松文의 詩世界)에서

김규련(金奎鍊) 수필가는 「光榮 있는 삶」이라는 글을 통하여 다음과 같이 피력한 바 있다.

냉커피를 마시며 隨筆文學이며 종교며 인생에 관한 이런저런 얘기를 한참 나눴다. 그 님의 첫인상에서 느낀 것이 지금도 생생하다. 눈에서는 聰氣가, 얼굴에서는 和氣가, 언어에서는 才氣가, 행동에서는 德氣가, 인품에서는 香氣가 풍겨났었다. '동천세노항장곡(桐千歲老恒藏曲) 매일생한불매향(梅一生寒不賣香) - 오동나무는 천년을 늙어도 가락을 지니고, 매화는 평생 춥고 가난해도 향기를 팔지 않는다'는 조선조 선조 때의 선비 양사언(楊士彦)의 고결하고 올곧은 기개(氣槪)가 오늘의 황송문님에게도 살아있음을 볼 수 있었다.

-『師道와 詩道』 p.210

앞의 鄭貴永 문학평론가의 글(1972)과 뒤의 金奎鍊 수필가의 글(2007)은 35년간의 간격을 두고 있다. 이 글을 살펴보면 정귀영 문학평론가는 35년 전에 벌써 오늘의 大成을 예고한 셈이 된다. 이 한 권의 시집은 黃松文 詩人의 文學人生 詩農事 40년 경작(耕作)의 아람진 수확이라 하겠다.

-2010년 중국 연변대학에서

262

黃松文 詩選集 - 시를 읊는 의자

초판 인쇄 – 2017년 2월 16일
초판 발행 – 2017년 2월 21일

저 자 – 黃 松 文
발행인 – 金 東 求
발행처 – 명 문 당(창립 1923년 10월 1일)
　　　　서울특별시 종로구 안국동 윤보선길 61
　　　　우체국 010579-01-000682
　　　　전 화 (02) 733-3039, 734-4798
　　　　FAX (02) 734-9209
　　　　Homepage www.myungmundang.net
　　　　E-mail　　mmdbook1@hanmail.net
　　　　등록 1977.11.19. 제1-148호

■

* 낙장 및 파본은 교환해 드립니다.
* 불허 복제
* 정가 12,000원
ISBN　　979-11-88020-03-4　　03810